きりきり舞いのさようなら

諸田玲子

光文社

きりきり舞いのさようなら

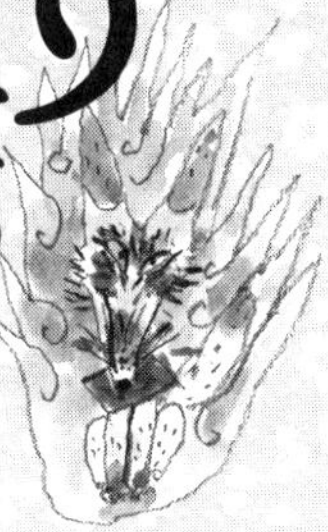

きりきり舞いのさようなら

目次

装幀　芦澤泰偉
装画　村上　豊

一寸先は闇

一

いつもとはちがう、静かすぎる朝――。

目覚めた瞬間、舞はなぜかゾクッとした。

耳を澄ませても一九の怒鳴り声は聞こえない。一九をなだめすかす尚武の声も、朝から元気いっぱい駆けまわる丈吉の足音も。ときおり遠方から、腹痛を起こした熊の唸り声のような風の音だけがかすかに聞こえてくる。

舞は台所へ出ていった。そこで、またもやけげんな顔になる。

「おっ母さん。なにしてるの？」

「なにって……見りゃわかるだろ。味噌汁、つくってるのさ」

「だ、だけど、おっ母さんが、こんなに朝早く……」

「おさんどんなら、しょっちゅうやってきましたよ。これでもあんたたちを育てたんだから」

「そりゃそうだけど……それは昔のことで……」

「おや、なんだい、文句でもあるのかい」

「とんでもない。ありがたい山の山椒の木だわ」

継母のえつがこっそり酒を呑むようになったのはいつからか。二日酔いで寝過ごす朝が増え、起きてきても朝餉の仕度は娘にまかせきりだった。少なくとも、ここ数年は。

「お父っつぁんは?」

「仕事をしてますよ」

舞はえッと聞き返した。

「書いてるの?」

「らしいね。ここんとこ、体調が良くなったろ、やっぱり旅が効いたのかねえ」
一九、女房のえつ、娘の舞、舞の亭主で一九の弟子の今井尚武、舞と尚武の養子の丈吉――実は一九の落とし子らしい――の一家に葛飾北斎の娘で居候のお栄を加えた六人は、昨年の夏から秋にかけて、一九と尚武の故郷である駿府へ旅をした。一九の倅で舞の兄の市次郎が駿府で所帯をもったと知らせがあり、中風病の一九が、生きているうちにひと目会いたいと言い出したためだ。
毎度のことながら、道中でも駿府でも騒動は尽きなかった。が、この旅は一九にめざましい変化をもたらした。豊かな自然の中で体を動かし、海の幸山の幸に舌鼓を打った上に酒量が減った。病は気から。なにより街道に出没して無銭飲食をくり返していた偽一九の正体を暴いて積年のわだかまりを払底したことが、良薬に勝る効果を発揮したのだろう。

江戸は日本橋、通油町の地本会所内にある借家へ帰ってからの一九は、以前より顔色が良くなり、手指のしびれも改善されたようで、仕事への意欲を取り戻しつつあった。

十返舎一九といえば『東海道中膝栗毛』で名を馳せた戯作者である。

もちろん、だからといって、老齢の一九がかつてのようにすらすらと書けるわけではない。体調が回復してきたからこそ生みの苦しみもよみがえったようで、また早朝から怒鳴り散らす日々がはじまった。というわけで、亭主に手を焼く日常に戻ったえつも、ふたたび憂さを酒で晴らして、その結果が朝寝に……。

それが今朝は、夫婦ともども、どういう風の吹きまわしか。

朝餉の仕度がととのったところで、舞は会所に隣接した朝日稲荷へ尚武と丈吉を呼びに行った。二人が稲荷へ出かけたと、えつに教えられたからである。

晩春の空は雲ひとつなかった。このところ晴天がつづいている。それはそれでありがたいものの、地面が乾ききっているので、一歩足を踏み出せばたちどころに下駄や草履が埃まみれになってしまう。

「そろそろおしめりがほしいころだわねえ」

舞は袖で口元をおおい、空を見上げた。雲の流れは速いが、雨の気配は微塵もない。大雨は厄介だが旱も怖い。世の中、丁度よくはいかないもので――。

尚武と丈吉は稲荷の境内で朝稽古をしていた。剣術の腕に覚えのある尚武が、自ら削った棒で丈吉に稽古をつけてやっている。

「まあ、珍しいこと」

じっとしているのが苦手な丈吉は、しょっちゅう尚武に剣術の指南をせがむ。そのくせ無鉄砲に棒を振りまわして尚武に叱られる。こらえ性のない尚武のほうも、言うことを聞かない丈吉に本気で腹を立てて、ムキになってかかってゆく。親子の稽古は果たし合いさながらだ。

ところが今朝は二人とも、別人のように礼儀正しく対峙していた。

「朝餉ができてますよ」

声をかけておいて、舞は稲荷の祠へ向かった。古ぼけた祠に鎮座しているお狐様は、薄汚れている上に眠たげな半眼で、ご利益がありそうには見えない。それでも界隈の住人はお神酒や油揚げを供えて、日々、願掛けに精を出している。

合掌しようとしたところで、舞は眸を凝らした。

「ありゃ、お狐様がいない。変ねえ。ねえねえ、ちょっと来て。どうしたのかしら」

だれかがお神酒を供えた拍子に落っことしてしまったのか。祭壇のうしろにまわって暗がりを探ってみたが、お狐様の姿はなかった。

「お狐様がおらんだと？」

尚武がやって来た。

「あんなもの盗む物好きがいるとは思えないけど……」

「あ、旅に出たんだッ」

丈吉は小鼻をふくらませた。昨年の東海道中がよほど楽しかったとみえて、丈吉は旅の話ばかりしている。

「馬鹿ね。お狐様は神様のお使いよ、旅なんかしないの」

「いや、わからんぞ。お神酒だって呑むくらいだ」

「お神酒を呑むのは、お狐様じゃなくてお父っつぁん」

あれこれ言っても姿がないのは確かで、となれば盗まれたとでも思うしかない。

「しかたがない。帰りましょ」

言ったとたん、舞はなぜかまたゾクッとした。

三人は連れだって家へ戻る。

朝餉も、いつもとはどこかちがっていた。一九がひと言も文句を言わずに飯を腹へおさめている。それればかりか、えつの味噌汁を飲んで「美味(うま)い」とつぶやいた。これまでになかったことである。

えつはえつで、いそいそと一九におまんまのおかわりをよそってやった。大食らいの尚武が二膳しか食べなかったのも、朝餉が終わるまで丈吉がおとなしく座っていたのも、めったにないことだ。

しかも、それだけではなかった。

絵を描くこと以外は頭にないので話しかけてもウンともスンとも答えず、洗ったことも梳(と)かしたこともないような顔と髪で黙々と朝餉をかきこんでいた——ここまではいつもと変わらない

――居候のお栄が、箸を置くや、なにを思ったか神妙な顔で「ご馳走さま」とつぶやいたのだ。

その瞬間、背筋に悪寒が走った。

風邪でもひいたのかしら――。

三度目になると、さすがに舞も心細くなる。

一九一家の日常を知らない者が見たら、ごくありふれた朝餉の団欒だと勘違いするかもしれない。けれど、ここに集っているのは奇人ばかりで……。

「奇人気まぐれきりきり舞い」

災難が起こらぬよう、舞は胸の内でおまじないを唱えた。

二

杞憂だったら、どんなによかったか。

不吉な予感は的中した。

朝餉が終わるころには風が出てきた。江戸の強風はめずらしくもない。とりわけ晩春のこの季節は北風が吹き荒れることがままある。が、このところとんと雨がないので、なにもかもが乾ききっていた。洗濯物など干そうものなら、強風に飛ばされる前に砂だらけになってしまいそうだ。

「お栄さん。手を貸して。水を撒くから」

「やだね」

「やだねって……今度はなに描いてるの？」

舞はお栄の手元を覗き込む。

「あらら、狐……あッ。もしやお栄さん、朝日稲荷のお狐様を持ち出したりはしてないでしょうね」

だとしたら、模写したあと、どこかへ置き忘れたということも……。そう思って眺めれば、絵の中の狐のけだるげな顔が朝日稲荷のお狐様の顔に見えてくる。

「ちょっと、お栄さんってば」

「フン」

「知らないわよ。祟りがあったら、お栄さんのせいだからね」

「ちゃんと戻した」

「だったら、なんでないのよ」

「知るか」

お栄も奇人中の奇人だが、嘘つきではない。

「わかったわ。お栄さんでないんなら、旅に出たんでしょ」

舞は丈吉に手伝わせて水を撒き、そのあとは茶の間でえつと繕い物をはじめた。間合いをみはからって、仕事部屋にいる一九と尚武に白湯を持ってゆく。いつもなら浴びせられるはずの「馬鹿者ッ、酒だ、酒もってこいッ」という怒声は返ってこなかった。

「ねえ、ほんとに書いてるの？」

目を開けたまま寝ているのではないかと舞はいぶかったが、一九はさらさらと筆を動かしている。

「おかげでおれも創作に励める」

そういえば、そもそも尚武は戯作者志望ということで一九の弟子になったのだ。これまでのところ、今井尚武の手になる読本や黄表紙は一冊も出ていなかったが。

「なんだか気味がわるいわね」

狐につままれたような顔で、舞が茶の間へ戻ろうとしたときだ。おもてでざわついた気配がした。だれかが叫んでいる。と、寸刻をおかず、ジャンジャンと半鐘が聞こえた。

江戸の町々には自身番屋があり、屋上に梯子式の火の見櫓が設けられている。櫓に上って半鐘を打ち、火事を知らせるのは自身番の役目だ。火事が遠ければジャーンジャーンと半鐘の音ものんびりしているが、火の手が近づくにつれてジャンジャンジャンと忙しく打ち鳴らされる。

「火事だッ。それも、近場だわッ」

舞は棒立ちになった。血の気がひいてゆく。

江戸で暮らしていれば火事には慣れっこだ。が、だからといって悠然とかまえてはいられない。木と紙の家はあっという間に燃えてしまうし、いったん燃え広がれば手のつけようがない。

「おっ母さん、火事よ火事ッ。丈吉をお願いね」

丈吉は縁側でカタツムリに餌をやっていた。少なくとも、さっきまでは。

茶の間へ叫んでおいて、一九のもとへ戻る。

「聞こえたでしょ。火事よ、逃げなきゃ」

一九はちらりと目を上げただけで、筆をおこうともしなかった。

「半鐘だってば。すぐそこみたい」

「よし。見てくる」

尚武がすかさず飛び出してゆく。

「お父っつぁんも、早く仕度を」

「うるさいッ。今、佳境だ」

「なに言ってるの。焼け死んだら佳境もなにもないでしょ」

「かまうものかッ。火焔（かえん）の中で書いてやるぞッ」

言い出したら聞かない一九である。舞一人では力ずくで連れ出すわけにもいかない。ひとまず一九は放っておいて、舞は階段を駆け上がった。

お栄もまだ狐の絵を描いている。

「お栄さん、半鐘、聞こえないの？　火事よ」

「フン」

「ねえ、近いから逃げなきゃ」

「逃げたきゃ逃げな」

「逃げなって……お栄さんはどうするの。火が迫ってるんだってば」

そうこうしているうちにも喧噪（けんそう）が激しくなっていた。半鐘は今やジャンジャンジャンと早鐘（はやがね）だ。

耳元で叫ばなければ互いの声も聞き取れない。

「ねえってば、世話を焼かせないでよッ」

舞はカッとなって画紙をひったくった。

「あ、なにするッ。返せッ」

「いやよ。大事な絵をおじゃんにされたくなかったら、さっさと荷物をまとめなさい」

言い置いて階段を駆け下りる。階段の下では、鍋としゃもじを手にしたえつがおろおろと見上げていた。

「丈吉がいないんだよ」

「なんですってッ」

と、そのとき、玄関から尚武の裏返った声が聞こえた。

「火元は川向こうだ。が、こっちに燃え移った。豊島町のあたりが燃えてる」

血相を変えて駆けてくる。

「川向こう?」

「神田川の向こうっかたの材木小屋らしい。強風で火の粉が川を越えた」

北風に煽られて燃え広がれば、真南に当たる通油町界隈も火の海になってしまう。ぐずぐずしてはいられない。

「お父っつぁんを連れ出して。言うことを聞かなかったら殴り倒して担いででも」

尚武に命じておいて、舞は二階へ向かってありったけの声を張り上げた。

「お栄さーん、急いでーッ。すぐに下りて来ないと置いてくわよーッ」

舞とえつは手分けをして丈吉を捜すことにした。

「家のまわりを見てくるから、おっ母さんは中を……」

丈吉は、井戸端にいた。眼(まなこ)をぎらつかせて遠方の火事を眺めている。

「こんなとこでなにしてるのッ」

「すげえや。ほら。あんなに煙が上がってら」

「見惚(みと)れてる場合じゃないの。急いで。逃げるんだから」

「だったらカタツムリとテントウムシと、あ、駿府で買ってもらった独楽(こま)も……」

「だめだめ。いらっしゃい」

舞は丈吉の腕をむんずとつかむ。放そうものなら、またどこへ行ってしまうか。

井戸は六兵衛店(ろくべえだな)の住人と共用だ。裏長屋も避難の仕度でおおわらわにちがいない。いや、家財などほとんどないから、大半はもう逃げだしているはずだ。

「おーい。先生はご無事かーッ」

「急げッ。火が来るぞーッ」

舞を見て、口々に声をかけてくる。

丈吉の腕を引きずるようにして玄関へ戻ると、荷車を引いた若者が立っていた。どこかで見た顔は、錦森堂(きんしんどう)の手代(てだい)である。あわてて駆けてきたのだろう、息を切らし、額と鼻の頭に大粒の汗を浮かべている。

「主が、手前に、手伝う、ように、と……」

錦森堂は日本橋の馬喰町二丁目に店をかまえる書肆で、主人の森屋治兵衛は一九の長年の相棒……というより、丁々発止と攻防をくり返す好敵手である。とはいえ、一九一家が住んでいる借家は治兵衛が地本会所に掛け合って提供してくれたものだし、米櫃が空になれば嫌味たらたらではあっても前貸しをしてくれるから、まんざら因業な親爺とも言い切れない。中風病の一九のために荷車をまわしてくれるところなんぞ、なかなかできない芸当である。

「助かるわ。森屋さんは？」

「へい。もうとっくに」

馬喰町のほうが火元に近い。もっともさほど離れてはいないから、こちらだって一刻も猶予はできない。

「すぐにみんなを呼んでくるわね。ええと……」

「手前？　手前は乙吉で」

「そうそう乙吉つぁん、この子をしっかり捕まえててちょうだい。いいわね、絶対に放さないで」

機転は利かなそうだが力はありそうな乙吉に丈吉を託して、舞は家の中へ駆ける。それからがまたひと騒動だった。尚武と二人で聞き分けのない一九をなだめすかし、取り乱すばかりで役には立たないえつと、画材を山ほど抱えて下りてきたのはよいが台所で食い物を腹に詰め込もうとしているお栄をどうにかこうにかおもてへ押し出し、舞は持てるだけの夜具や着物を運び出した。

が——。

「お栄さんッ。あんたは歩けるでしょ。下りなさいッ」

「やだね」

お栄は厚かましくも、一九といっしょに荷車へ乗り込んでいる。さてはこの期に及んでも火事を画題に絵を描くつもりらしい。

「絵なんか描いてる場合じゃないでしょ」

腕をつかんで引きずりおろそうとしたときだ、乙吉が悲鳴をあげた。

「うわッ、火だ。あそこが燃えてる」

となれば、お栄とやりあっている暇はない。

「行くぞッ。みんな、離れるなよ」

尚武の掛け声にうながされて、一行はあわただしく出立した。

一九とお栄、家財と画材を積んだ荷車を尚武がガラガラと引き、乙吉と舞が後ろから押す。えつと丈吉は手をつないでかたわらに寄りそう。

なんで、あたしがお栄さんを——。

ムカついているおかげで馬鹿力が出たのか、地本会所の門前までは快調だった。

門を出たとたん、仰天した。北から南へ向かう大通りは右も左も人や荷車でごった返している。車の音に加えて罵声(ばせい)や怒声が飛び交い、悲鳴、金切り声、子供の名を呼ぶ親の声、親にはぐれた子供の泣き声も姦(かしま)しい。火事の煙かと思うくらい、土埃もすさまじい。

「参ったな。どっちへ行くか」

立ち往生している尚武を見て、荷車の上の一九がすっくと立ち上がった。

「右だ。いや、左だ。進めーッ、進め進め進めーッ」

扇をひらひらさせて踊り出す。

「お父っつぁん。やめてッ、こんなときに」

「こんなときなればこその景気づけだ。ソレ、酒だ、酒もってこーいッ」

「いいかげんにしないと置いてくわよ」

「おまえさんッ、落っこちたらどうするのサ」

一九が騒ぐので荷車は右へ左へぐらぐらとかしいで、今にも横転しそうだ。にもかかわらず、お栄は平然と絵筆を動かしている。

「森屋はどっちへ向かったんだ?」

尚武は振り向いて乙吉にたずねた。

「へい。江戸橋を越えればなんとかなるだろうと。数寄屋町に知り合いもおりますし」

「よし。おれたちも橋を渡るぞ」

日本橋の南一帯は風下で、できれば避けたいところだが、どのみち大群の流れに逆らって西や東へ進むのは至難の業だろう。大川の対岸へ渡ろうにも、これでは橋へたどり着く前に押しつぶされてしまいそうだ。

舞はやっとのことで一九を鎮めて座らせ、お栄には怒りのこもった一瞥を投げておいて、丈吉に声をかけた。

「おっ母さんの手を放してはだめよ」

混雑しているので荷車はのろのろとしか進めない。どけどけと押しのける輩もいて、そここで喧嘩もはじまっている。

「ひゃーッ、火の粉が飛んできた」

「ゴホッゴホッ……煙に巻かれるぞ」

突風が吹くたびに動転した声が聞こえる。恐ろしくて振り向く気にはなれないが、いがらっぽい臭いからして火の手がそこまで迫っているのはまちがいなかった。ドサッバサッと家が燃え落ちる音もひっきりなしである。

江戸橋のたもとはもう立錐の余地がないほどの人だった。噴き上げる火焰と黒い煙に追われて、だれもが橋へ殺到する。

「お栄さん、降りてッ。お父っつぁんもいざとなったら……」

荷車は押し飛ばされる心配があった。そのときは尚武に一九を背負ってもらうことになる。お栄がしぶしぶ荷車を降りたそのとき――。

「お、お栄さん、こりゃいいとこで……」

耳元で聞き覚えのある声がした。六兵衛店の住人の為助という焼継屋で、老婆をおぶっている。焼継屋とは破損した陶器を補修する行商人だ。かたわらには赤子をおぶった女房がいて、両手で幼子の手を引いていた。

「あら、為助さん……」

それ以上、舞がなにかを言う前に、驚くことが起こった。為助が背負っていた老婆をいきなり荷車の家財の山の上に放り出したのである。

「ちょ、ちょ、ちょっと、なにするのよ」

「すまんが、こうするしか……」

身軽になった為助は、するりと身をかわして人の群れにまぎれてしまった。

「堪忍しとくれ」

ひとつ頭を下げるや、女房と子供たちも人込みに消える。

「なんてぇ野郎だ、婆さんを棄てるとは……」

「とんでもないやつらで……おーい、どうするつもりだ？　出て来いッ」

尚武と乙吉は怒り心頭である。

舞は老婆を見た。曲がった背中に一尺ほどの大きさの風呂敷包みをくくりつけられた老婆は、身をちぢめて両手を合わせている。が、まばらな白髪頭のしなびた顔に、置いてけぼりにされた悲憤は見えない。悟りきったように柔和な表情である。

「おっ母さん……」

「そうだねえ。置いてくわけにもいかないしねえ」

「おい。なにをしてる。急げ急げーッ」

一九が扇を振りまわした。次から次へと人や車がぶつかってきて、一刻も立往生してはいられない。一九と老婆を乗せた荷車を皆で取りかこむようにして、一行はどうにかこうにか江戸橋を渡りきった。突き飛ばされたり荷を背負いすぎて体勢を崩したりして川へ落ちる者がわんさといるなかで、よほどの幸運というべきだろう。

こちらの日本橋一帯も逃げまどう人々でごったがえしていた。火は易々（やすやす）と橋を越えそうで、森屋治兵衛を捜すどころか、すでにここも阿鼻叫喚（あびきょうかん）の様相である。

「江戸橋に火が点（つ）いたぞーッ」

「海賊橋（かいぞくばし）も燃え落ちたぞーッ」

となれば、押し合いへし合いしながら尾張町（おわりちょう）を目指すしかない。八丁堀（はっちょうぼり）にも火がまわったというので、そちらからも避難民が流れてきた。もみくちゃにされて尾張町まで来たときは、荷車も失（う）せ、家財も消え、一九を背負った尚武と老婆を背負った乙吉、さらに丈吉を背負った舞が、へたばりかけたえつとお栄を叱咤激励しながら黙々と南へ歩くという、なんとも悲惨なありさまだった。

「いったい、どこまで、逃げればいいの？」

「増上寺（ぞうじょうじ）か。あそこならひと息つけるだろう」

増上寺までまだだいぶある。恐ろしい光景を幾度となく目にしたこともあって、舞は心身共に疲れ果てていた。それでもなんとか先へ進むことができたのは、自分がへたばったら、みんな力尽きてしまうような気がしたからだ。

「ねえ舞、ぶったおれるよぉ」

「あたしもだよ、ちょいと、休もうよ」

「だめだめ。お栄さんも、おっ母さんも、泣き言はやめて。ほら、みんながんばって歩いてるんだから」

右を見ても左を見ても、埃まみれの灰だらけ、ほうけた髪で重い足を引きずる者たちばかり。命からがら逃げてきた人々は地獄を彷徨う餓鬼さながらだ。

そんななか、一人だけ、顔色ひとつ変えない者がいた。背中に風呂敷包みをくくりつけられた老婆だ。

「ありがたや、ありがたや、うかのみたま、ありがたや……」

老婆の声は場違いなほど明るい。

三

一九とえつ、舞と尚武、丈吉、お栄、乙吉、それに赤の他人の老婆の八人がよろめきながら増上寺の山門をくぐったときは、午後も遅い時刻になっていた。

大本山増上寺は徳川将軍家の菩提寺で、二十五万坪の境内に四十八の堂宇が点在する広壮な寺院である。今はその境内が、芋を洗うようにびっしりと、焼け出された避難民で埋め尽くされていた。火はまだ燃えつづけているようで、北東の空にはいくつもの火焔や黒煙が立ち上っている。が、ここまでは延焼すまいとだれもが思っているようだった。広大な敷地である。強風もいくらか鎮まっている。それに、ここなら将軍家の威光で火事も及び腰になると信じているのだ。

一九一行は、境内の片隅にわずかな隙間を見つけてへたりこんだ。これからどうなるのか、考える気力は残っていない。周囲を見渡せば、同じように精も根も尽き果てた老若男女が、着の身着のまま、放心したようにかなたの空を眺めている。

「店の者がいないか、ちょっくら、見て来まさぁ」

絶え絶えだった息がようやくつけるようになったところで、乙吉が腰を上げた。

「おれも様子を見て来る」尚武もあとにつづく。「為助を捜して婆さんを引き取ってもらわにゃならんしな」

こんなとき、状況把握は必須である。これだけの避難民がいれば、顔見知りの一人二人見つかるにちがいない。

二人が出かけてゆくと、丈吉が舞の袖を引っぱった。

「母ちゃん、腹へったぁ」

「おれもへこへこだ。舞。食い物、探してきてくれ」

「自分で探せばいいでしょ。お栄さんだって足があるんだから。あたしより太い足が」

「フン。痛くて歩けるか」

お栄は不貞寝(ふてね)を決め込むつもりだろう、丸くなって背を向ける。半分は荷車の上でラクをしていたくせに……と舞は憤懣(ふんまん)やるかたないが、ここにはお栄に勝る奇人がいた。

「舞。酒だ、酒、もってこいッ」

我慢が限界にきたのか、突然、一九が叫び出した。蹌踉としている人々は驚いて一斉に一九を見る。

「そんなもん、どこにあるのよ。見ればわかるでしょ」

「なきゃ買ってこい。おーい、皆の衆、景気づけに酒盛りだ酒盛りだ」

「お父っつぁんてば。こんなときに酒盛りなんて。みんな、水一滴飲めないんだから」

「水ッ。ああ、水……そういやあたしゃ、喉がカラカラだよ。ねえねえ舞、だれかに水をもらえないか、そのへんの衆に訊いてきとくれよ」

「おっ母さんまでなによ。二人が戻るまで、少しは辛抱してちょうだい」

「辛抱ならね、嫌ってほどしてますよ。だいたいね、なんの因果でこんな酷い目にあわなくちゃならないのサ。家を焼かれ、すっからかんで、足は棒のようだし、お腹は空っぽだし……」

えつが十八番の泣き言を並べたてようとしたときだ。

「ありがたや、ありがたや、うかのみたま、ありがたや」

口の中でぶつぶつ言っていた老婆の声が、ひときわ高らかに鳴り響いた。

「なにがありがたいのサ。こんな災難にあったのに……まったく、一寸先は闇。ありがたやなんて言う人の気が知れませんよ」

「おっ母さんッ。お婆ちゃんの言うとおりだわ。だって、あたしたちは九死に一生を得たんだから。だれも火に巻かれず、一人も川へ落っこちず、ここまで逃げられたんじゃないの」

「そりゃ、そうだけど……」

老婆は、地べたにぺたんと座って、背負っていた風呂敷包みを今は両手で胸に抱え、体を左右にゆすりながら靄がかかったようなまなざしを泳がせている。別にえつに意見をしたわけではないらしい。口癖になってしまったのか。恐怖のあまり他の言葉を忘れてしまったのかもしれない。その姿を見ているうちに、ふしぎなことだが、舞は腹の底から気力がよみがえってくるのを感じた。

「お父っつぁん、おっ母さん、お栄さんも丈吉も、いいわね、二度と泣き言は言わないこと。おばあちゃんを見習って、あたしたちも運を天にまかせましょ」

だれも異議は唱えなかった。が、「おう」とも「うん」とも「はい」とも言わない。恨めしげな視線を返してくるだけだ。まるで火事になった責任が舞にあるとでも言いたげな顔である。

こいつらときたら――。

堪忍袋の緒が切れそうになった。

「あのねえ、言っとくけど……」

文句を言いかけてやめた。今にはじまったことではない。ムキになっても疲れるだけだ。数ある経験から、舞は、奇人のわがままを聞き流すすべを学んでいた。

尚武と乙吉は消沈した顔で戻ってきた。森屋治兵衛だけでなく錦森堂の番頭や手代仲間も、六兵衛店の為助一家の姿もなかったという。それでも顔見知りの何人かに出会い、各々の壮絶な体験談を聞いた。で、今さらながら、大火の恐怖に背筋が凍る思いをしたそうだ。

「小網町の坂田屋じゃ、番頭と手代が逃げ遅れたそうだ」

「太物屋の差配が店子の赤子を助けようとして火に巻かれたと……」

「摺師の庄兵衛は、中ノ橋が燃え落ちるってんで川へ飛び込んだものの、川の水も熱湯になってたそうで……」

「通旅籠町の衆は皆で西本願寺へ逃げた。が、あそこにも火がまわって……」

耳をおおうような惨状ばかりだ。一九もえつも声を失っている。

「大川の向こうは？　あっちも燃えたのか」

お栄がいつになく神妙な顔でたずねた。お栄の母親は深川の亀久町に住んでいる。父親の葛飾北斎は引っ越し魔だから住所不定だが、本所の亀沢町に仕事場があってひんぱんに出入りしていた。深川も本所も大川の対岸である。

「詳しいことはわからんが、本所や深川が燃えたとは聞かんな」

尚武が答えた。するとすかさず一九が立ち上がる。

「よしッ。深川へ行くぞッ。みんな、ついて来い」

「ついて来いったって、お父っつぁん、どうやって行くつもり？」

「さよう。今はここにいるよりない。橋は焼け落ち、船もないと……」

いずれにせよ、鎮火しないうちに動くのは愚の骨頂。

「だけど、そんならあたしらは今夜、ここで野宿でもするのかい」

太陽は早くも沈みかけている。避難をはじめたのは午少し前だから、半日以上、歩きつづけたことになる。その上に野宿は確かに辛い。

　そうはいっても、今は命があるだけでありがたいと思うべきだろう。

「おっ母さん。これだけの人が焼け出されたんだから、寝る場所なんかありっこないわ。贅沢は言わないで」

「鎮火を待ってお救い小屋を建てるらしい。井戸へ行けば水はもらえるし、もうじき炊き出しもはじまるそうだから……」

　いつどこで施粥がはじまるかはまだわからないが、近隣の町々から握り飯がときどきはじめていて、尚武によると、すでにそここで長蛇の列ができているという。握り飯ひとつありつくのも容易ではなさそうだ。

「そんなら手前も……」

　いち早く握り飯にありつこうと、乙吉はもう駆け出していた。

「おれも行く」

　お栄も勢いよく腰を上げる。あんなにへたばっていたくせに、食い気だけは健在らしい。

「あ、おいらも」

「お待ち、丈吉ッ。迷子になったらどうするのサ」

　とかなんとか言いながら、丈吉につづいてえつもあとを追いかける。

「みんな、自分のことばかり……」

　舞はため息をついた。尚武と顔を見合わせたところで、あッと声をあげる。

今の今までいたはずの一九の姿がなかった。他に気をとられていたので気づかなかったが、さては一九も握り飯目当てに飛び出してしまったのか。快方に向かっているとはいえ中風病の老人である。これまで奇矯なふるまいで数々の騒動を引き起こしてきた一九を人込みの中へ野放しにすれば、とんだ騒動にもなりかねない。

「おまえさんッ」

「おう、まかせてくれ」

先生ーッ、一九先生ーッ……呼び声と共に尚武の姿も人込みに消えた。いっしょに捜したいところだが、ここにはまだ老婆がいる。放り出してゆくわけにはいかない。

「あーあ、また貧乏くじだ。それにしても腹へったぁー」

「ありがたや、ありがたや」

「ありがたやはいいけど、お婆ちゃん、お婆ちゃんもお腹が空(す)いてるんじゃないの」

「うかのみたま、ありがたや」

「あのね、今は神様も仏様も手一杯で、こっちまで手がまわりっこないわよ。それよか、なくなっちゃったらどうしよう握り飯……」

「ありがたや、ありがたや」

「はいはい。お婆ちゃんは霞(かすみ)でも食べててちょうだい」

こっちはそうはいかない。空腹と渇きで眩暈(めまい)がしそうだ。せめてだれか一人でも自分たちに握り飯を運んできてくれないものか。そんな気の利く者はいそうにないとわかってはいたが、舞は力ない目であたりを見渡した。

四

文政十二年三月二十一日巳の刻過ぎに神田佐久間町の材木小屋から出た火は、北風に煽られて神田川を飛び越え、神田界隈を焼き尽くした。その後も北西風の勢いを借りて日本橋から八丁堀、東は両国橋まで、西は鎌倉河岸まで、南は佃島から新橋に至るまで延焼、翌朝、鎮火したときは民家や武家屋敷など、およそ三十七万軒が焼失していた。

一九一家が住んでいた通油町の地本会所の借家も、隣の朝日稲荷や裏の六兵衛店も、馬喰町の錦森堂も、跡形もなく焼けてしまった。行方不明者は数知れず、数千の焼死者が出ているようだが正確なところはわからない。

やっとありついた施しの握り飯で飢えをしのいだ一九一行は、地べたに折り重なるように横たわって一夜を過ごした。万にひとつ、火の粉が飛んでくるかもしれない。そうなればここも危うい。眠るどころではないとわかっていたが……全員、朝まで熟睡した。野宿は嫌だと言っていたえつはだれよりも先に鼾をかいていたし、お栄は太陽が高く昇っても目を覚まさなかった。

「お栄さん。起きて。火が消えたわよ」

颪も止んでいる。延焼する心配はもうなさそうだ。

「お栄さんってばッ」

「ン……」

「早く行かないと粥がなくなるわよ」

お栄はワッと叫んで跳び上がった。二人は施粥にありつこうと急ぐ。

境内の一角に町名の看板が立てられていた。焼け出された人々は、自分が住んでいた町の看板のもとへ行き、粥の施しをうけるよう伝達がとどいている。別の一角では、やはり町ごとにお救い小屋を築造することになったそうで、早くも丸太が運び込まれていた。

通油町の看板の下には、いくつか知った顔が集っている。

「おうおう、先生んとこの嬢さん、無事だったか。よかったよかった」

「五郎八(ごろはち)さんもおかねさんも、ご無事でなにより」

「長兵衛(ちょうべえ)さんが足を折っちまってねえ。この人がおぶってやったのサ。で、一九先生はどうだい？　ご亭主や坊ちゃんは？」

だれもが一九の無事を案じてくれていた。素面(しらふ)のときの愛想は最悪、大酒を呑めば奇行で町中をひっかきまわす。そんな人騒がせな一九だが、思いのほか隣人たちには好かれているようだ。

「お父っつぁんはとうに粥をいただいて、今、焼け跡を見に行ってます」

尚武と丈吉もいっしょだ。まだ遠くへは行けないが、山門あたりでも見渡すかぎり焼け野が原と化しているのは一目瞭然。舞は朝一番で見ていた。この世のものとも思えぬその景色に背筋を凍らせ、しばらくは声を失っていたものだ。

「ほんと、地獄絵を見るようだった……」

薄い粥をすすりながら、舞は今一度身震いをする。空きっ腹なので、薄かろうが不味かろうが腹に染み渡って美味である。

「おれっちも丸焼けか」

あっというまに粥をたいらげたお栄は、未練たらたら椀の底を眺め、ため息をついた。お栄は居候で、地本会所内の借家は一九や舞の家だ。「おれっち」とは厚かましいと舞は眉をひそめたものの――。

「お父っつぁんのおかげでろくにモノがなかったから、それだけはまあ、怪我の功名ってなもんね。森屋さんとこなんか大損だもの」

米櫃はしょっちゅう空になる。家具調度は借金のカタに持ち去られる。その上、一九は大酒を呑むたびに風呂桶だろうが鍋釜だろうが人にやってしまうから、丸焼けになっても惜しいものはたいして残っていなかった。が、お栄はそうではないらしい。四角い顎を上げて、細い目で舞をキッとにらんだ。

「おれだって大損だ。描きかけの絵、紙も筆も……」

「心配ないわ。本所は燃えなかったそうだから」

「どうだか」

「ほんとだってば」

「見て来る」

「ちょっと、まだ無理だって言ってたでしょ。行けやしないって」

言うことを聞くようなお栄ではなかった。山門の方へ小走りに駆けてゆくうしろ姿を見送って、「ご勝手に」と舞は首をすくめた。昨日の火事騒動の疲れがまだ残っていて体はだるいし、これから先、待ちかまえているはずの苦難を思うと頭も重い。お栄になどかまってはいられない。

舞は施粥に集まってきた町内の人々に、為助一家の消息をたずねた。六兵衛店の住人も何人かいたが、江戸橋から先で姿を見た者はいなかった。

橋は渡ったはずだけど——。

あの橋のたもとで、為助は足手まといになる老婆を置き去りにしたのだ。許しがたい非道である。が、あそこまで老婆をおぶって人込みを逃げるだけで、精も根も尽き果てたのかもしれない。赤子をおぶり、両手で幼子の手をつかんでいた為助の女房の、すがるようにも詫びるようにも見えた目の色を舞は思い出している。

為助一家には、なんとしても生き延びていてもらわなければならない。でなければ老婆はどうなる？　あまりにも哀れではないか。

とはいえ老婆のほうは、自分が家族に棄てられたとは思っていないのか、いや、そんなことすら理解できないのか。「ありがたや」しか言わないので、なにを考えているのか、さっぱりわからない。

舞は老婆の顔を思い浮かべた。表情は柔和だが、風呂敷包みを後生大事に抱えた姿は見かけによらず頑固そうだ。だいいち、老婆は寝ているときも、あの風呂敷包みを離さなかった。これまでは火事で頭がいっぱいだったので気にもかけなかったが、風呂敷包みにはいったいなにが入っているのか。

おそらく身のまわりの品々——たとえば肌着とか茶碗とか、あるいは連れ合いの位牌か形見か——そんなものだろう。金目の物なら、あの為助が老婆に持たせたまま置いてゆくはずがない。老婆にとっては宝物でも、余人にはガラクタにちがいない。

それでも、中身が知りたいと舞は思った。「ありがたや」と唱えるときにときおりつけ加える「うかのみたま」とかいう耳慣れない言葉の意味も知りたい。

老婆と話をしてみようと舞は思った。昨晩ねぐらにしていた場所へ戻る。今はえつと老婆がいるはずだが、遠目で見たところ、えつの姿は見えなかった。厠へでも行ったのかもしれない。これだけの雑踏だから厠をつかうのも長蛇の列で、ひと仕事である。

老婆は地べたにちんまりと座っていた。膝の上に例の風呂敷包みを置いている。背中が丸いのでよけいにそう見えるのだろうが、値千金の家宝を抱いているかのようだ。

近くまで来て、舞はおやと首をかしげた。見知らぬ男が老婆に歩み寄り、膝を折るようにして話しかけたからだ。煤だらけのみすぼらしいいでたちからして、男も焼け出された一人だろう。老婆のほうは聞いているのかいないのか、あらぬ方を眺めている。

為助の知り合いか。為助一家の消息を知らせに来たのではないか。はじめはそう思った。が、次の瞬間、ぎょっとした。男は両手を伸ばして、風呂敷包みをひったくろうとしていた。老婆は包みの上にかがみ込む。男はなおも強引に奪おうとする。

「泥棒ーッ。だれか、捕まえてッ」

舞は叫んだ。二人のもとへ突進する。男は放さない。老婆も放さない。三つ巴になって揉み合い、最初に老婆が突き飛ばされて尻餅をついた。「泥棒ッ」「うるさいッ」「放せッ」「てめえこそ、じゃまするなッ」……わめきながら、男と舞はまだ包みを奪い合っている。

なんだなんだと人が集まってきた。周囲を見てこれはまずいと気づいたか、男は唐突に手を放した。風呂敷が解け、中身が転がり落ちる。

舞はあッと目をみはった。

お狐様だ。

昨日の朝、どこへ行ってしまったかと探したが見つからなかった、朝日稲荷の、あの眠たげな目をしたお狐様である。

なぜ、老婆が朝日稲荷のお狐様を持っているのか。

拾い上げようとして、尻尾の付け根に修繕したような跡があることに気づいた。

「そうか。そういうことか」

舞はひとりごちた。火事が鎮火したように、わだかまっていた謎も霧消している。

為助は焼継屋だ。だれか――おそらくお栄、なぜなら為助は江戸橋で出会ったとき真っ先にお栄に声をかけた――が、うっかり落としてお狐様を損傷してしまった。で、為助が持ち帰って修繕してやったのだろう。ところが祠へ返す前に大火になってしまった。大事なお狐様を置いて逃げるわけにもいかず、あわてて風呂敷に包み、老婆の背にくくりつけた。そういえば、白狐は神様のお使いで、稲荷大神は宇迦之御魂神、「ウカノミタマ」である。

「へ、なんでえ、一銭にもならねえや」

男は吐き捨てるや、人込みにまぎれて逃げ去ってしまった。金目の物と狙いをつけて、家人がいない隙に奪いとろうとしたのだろう。手際のわるさからして根っからの泥棒ではなく、火事ですっからかんになってしまい、いちかばちかの凶行に及んだのではないか。貧すれば鈍する。災難は人心を荒ませる。

男のことなど、もうどうでもよかった。舞は感無量だ。

「お狐様。まさか、ずっといっしょにいたなんて。あたしたちが無事に逃げられたのは、お狐様がついててくれたおかげだったのね」

やる気のなさそうな顔は変わらないし、薄暗い祠に鎮座しているときと比べ、白昼の地面の上ではいかにもちっぽけで古ぼけて見えるが、それでも、舞の目にはお狐様のご尊体が後光を放っているように思えた。

「お婆ちゃん。さあ……」

風呂敷に丁重に包んで、老婆の膝へ置いてやる。

「また稲荷ができるまで、お狐様はお婆ちゃんに守っててもらわなくちゃ」

この惨状ではいつ再建されるか予想もつかないが、いつかきっと、新たな朝日稲荷の祠にお狐様が帰ってゆく日が来るはずである。

老婆はひとつ頭を下げて、お狐様の風呂敷包みを抱きしめた。

「ありがたや、ありがたや」

老婆の前に座って、舞も手を合わせる。

「ありがたや、ありがたや、うかのみたま、ありがたや」

唱和する声に驚いて振り向くと、焼け出された人々が何人か、舞のうしろに座って神妙に合掌していた。

五

一九とその家族は、増上寺境内に建てられたお救い小屋で数日を過ごした。男たちは早朝から焼け跡の片づけや焼死体の運搬、さらなるお救い小屋の設営などに駆り出され、女たちは炊き出しや針仕事、子守や怪我人の看病など、こちらも休む間がない。

乙吉は、通油町ではなく錦森堂があった馬喰町のお救い小屋へ入り、捜しに来た店の番頭と再会、渋谷村（しぶやむら）で養生しているという森屋治兵衛に引き取られることになった。

「森屋さんがお怪我を?」

乙吉に案内されて通油町のお救い小屋へ見舞いに来た番頭によると、治兵衛は足の骨を折った上に腰も痛めているが、自分の体より店の損害に打ちのめされているらしい。それでも一九一家のことは心底、案じているようで、悪運が強いから生き延びているとは思うものの万が一ということもある、様子を見てくるようにと送り出されたという。

「皆ご無事と聞けば、どんなに安堵（あんど）なさるか」

「だったら祝い酒のひと樽(たる)、とどけるように言ってくれ」

「お父っつぁんッ」

「ここじゃ休まらないから、どこか、離れかなにか借りられないかねえ。森屋さんは顔が広いだろ、頼んでもらっとくれよ」

「おっ母さんまで」

「紙と筆、墨も。そのくらいの銭はあるだろ」

「ならおいらは饅頭(まんじゅう)と団子と粽(ちまき)と……」

「お栄さんも丈吉も、いいかげんになさい」

「いや。先立つものは銭だ。そっちも大変だろうが、なんとか、少しでいいから融通してもらえぬかのう」

「おまえさんッ。でも、ほんとだわ……ねえ番頭さん、長年のよしみだもの、他に頼むともないし、せめてみんなの着替えをみつくろって……」

　番頭と乙吉は這(ほ)う這(ほ)うの体(てい)で去ってゆく。

　錦森堂のほうは怪我人こそ出たものの全員生き延び、それだけでも不幸中の幸いだった。が、為助一家についてはいまだ消息が知れない。

「どうでした?」

「まさか、お陀仏(だぶつ)になったんじゃ……」

　えつや舞に訊かれるたびに尚武は首を横に振る。当主の一九が高齢で中風病なので、一九の家では尚武が焼け跡の片づけに駆り出されていた。作業の合間に為助一家の消息をたずね歩いているという。もちろん死体置き場もひんぱんに覗いていた。焼死体はもとより、煙に巻かれたり川へ落ちたりして死んだ遺体もそのままにはできない。引き取り手がなければ荼毘に付され、そのままわからずじまいになってしまう。

為助一家が行方知れずなので、老婆はまだ一九一家と行動を共にしていた。といっても、日中はお救い小屋のおもてに茣蓙を敷いて、お狐様と座っているだけだ。出入りするたびに皆が拝んでゆく。宇迦之御魂神は商売繁盛にご利益がある。焼け出されて丸裸になった人々には、その神様の使いである――それも朝日稲荷でもなじみが深かった――お狐様は、今やたったひとつの心の拠り所でもあった。

「ありがたや、ありがたや、うかのみたま、ありがたや」

お狐様の隣にちょこなんと座る老婆までがなにやら神々しく見えてきたのは、当然のなりゆきだろう。

大火から数日後、焼け出された人々がようやくこの比類なき災難を冷静にうけとめはじめたころだった。

老婆とお狐様の前に大柄な老人がしゃがみ込んでいるのを、井戸端から戻った舞は見た。

「ほう、これが噂のお狐婆さんか」

色褪せた藍染の縞木綿にそそけだった白髪は、一見、お救い小屋の住人に見える。が、悠然とした物腰からは、被災者の悲哀は感じられない。岩のごとき背中を見ただけで、舞はすぐにだれかわかった。

「北斎先生ッ。いらしてくださったんですね」

「あ、いや、まあその……そこまで来たゆえついでに……」

お栄の父親の葛飾北斎は高名な絵師である。その奇人ぶりは一九に勝るとも劣らず、どこでなにを描いているか、正確に言い当てられる者はほとんどいない。衣食住にはとんちゃくせず、家が汚れれば引っ越すという男だから、家族を顧みることもめったになかった。だが、さすがにこの大火では、娘の安否を確かめずにはいられなかったのだろう。

「あら残念。お栄さんは本所へ行ってみるって、さっき出かけたとこですよ」

お栄が亀沢町へ飛んでいったのは、父親の無事を確認したかったからで……。この父娘、胸の内ではだれより深く思い合っていながら、すれちがいばかりだ。しかも、たとえ顔を合わせたところで、どちらも天邪鬼だから他人のようにそっけない。

「で、爺さんはどうだ？　まだ、くたばらんのか」

「ふふふ、憎まれっ子、世にはばかるってね」

北斎が「爺さん」と言ったのは一九のことだ。二人は長いつきあいで大の親友……にまちがいはないのだが、こちらも会えば言い争いばかり。それでもこの危急時に見舞いに駆けつけてくれたとあれば、一九も感激するにちがいない。

「お父っつぁんを呼んできます」

舞は小屋へ入ろうとした。北斎は「待て」と呼び止め、舞に紙切れを手渡した。

「ここへ行け。爺さんに、まだくたばるのは早いぞと、言ってくれ」

引き留める間もなく、北斎は大股で歩き去ってしまった。いつものことながら、愛想のない男である。とはいえ、確かに、北斎が見舞いに来たとわかれば、一九は歓喜のあまり興奮して喧嘩を吹っかけるかもしれない。殴り合いになる心配も……。奇人同士の絆は、常人の考える範疇を遥かに超えている。

舞は紙切れを眺めた。紙の端にぎこちない字で「深川佐賀町」と記されている。紙いっぱいに、大川に面した佐賀町の絵図が描かれていた。路地の一角が墨で塗ってあるのは、その家を指し示しているのか。

北斎は忙しなく引っ越しに明け暮れている。焼け出されて住むところのない一九一家に、ゆかりの一軒を提供してやろうというのだろう。

深川、佐賀町――。

舞は北斎の立ち去った方角に体を向けて深々と辞儀をした。どんな住まいであれ、今はありがたい。一九もえつも尚武も、きっと大喜びするはずだ。

これも、お狐様のご利益かも――。

舞は、老婆とお狐様の前に膝をそろえた。

「お婆ちゃん。お狐様も。いっしょに行きましょう。みんなで力を合わせて、一からやりなおして……商売繁盛させなくちゃ」

目を閉じて合掌すると、老婆の柔和な声が聞こえてきた。

「ありがたや、ありがたや、うかのみたま、ありがたや」

そこまではいつもどおり。が、そのあと「コン」と澄んだ声がつづく。

舞はびっくりして目を開けた。今の声は老婆の咳き払いか、それとも――。

まさかと苦笑しつつ、お狐様の顔を見る。

お狐様は、相も変わらず眠たげな半眼で、舞の顔を見返した。

「コン」

貧すれば鈍する

一

この、饐えたような臭いは……なに？

勢いよく引き戸を開けたとたん、六つの鼻がひくつき、六組の目玉が宙に泳いだ。舞はとっさに袖で鼻と口をおおう。

真っ先に素っ頓狂な声で叫んだのは一九だ。

「な～ぁんじゃ、こりゃあ」

「うう、こいつはたまらん」尚武も鼻をつまんでいる。「なにか腐ったもんでもあるんじゃないか」

「屍骸じゃないでしょうね、勝手に入りこんだだれかの……」

「やめてよ、おっ母さん、縁起でもない」

「見て来い。おい、舞ッ、行けッ」

「お父っつぁん、なんであたしが……」

「あやつから借家をゆずりうけたのはおまえだ」

「それは、みんなのために住むところを……」

まあまあと尚武が父娘を鎮めた。

「おれが見て来るからみんなはここで……ととと、おい、待てッ、待て待て待て」

「お婆ちゃん。ねえ、ちょっと、お待ちなさいってば」

一同が戸口で言い争っている間隙をついて、老婆がよっこらしょと板の間へ上がってしまった。お狐様の入った風呂敷包みを背中にくくりつけた老婆は、大火で逃げまどう際に近所の六兵衛店の住人、為助から強引に押しつけられた。以来、為助一家の安否は不明のままなので、見捨てるわけにもいかず、一九一家が面倒をみている。

文政十二年三月、神田佐久間町から出火した火事は、日本橋、京橋、八丁堀まで焼き尽くした。三十七万にも及ぶ家屋敷が焼失、おびただしい死傷者を出している。十返舎一九が家族と暮らす借家も日本橋通油町にあったため、一家は命からがら増上寺へ逃げ、九死に一生を得たものの――。

十返舎一九は、大当たりをとった『東海道中膝栗毛』の戯作者である。女房のえつ、娘の舞、舞の夫で一九の弟子の今井尚武、二人の養子で一九の落とし子らしき丈吉、それに居候のお栄、さらに老婆と七人で、境内に建てられたお救い小屋へ身を寄せた。

ところが著名な絵師、葛飾北斎の娘のお栄が本所の仕事場へ帰ったあと、入れ違いに当の北斎がお救い小屋を訪ねて来た。北斎は舞にここ佐賀町の自分の借家の地図を手渡し、一九一家の当座の住まいとするよう暗に勧めた。

お救い小屋は立錐の余地もない混雑で、うるさいわ汚いわで安眠できない。おまけに一九が騒ぐので肩身が狭い。地獄に仏……とばかり、一行はお救い小屋をあとにして、北斎の借家へたった今、たどり着いた、というわけだ。

佐賀町は、北斎の仕事場がある本所の亀沢町とは竪川をはさんだ対岸の深川にあって、借家は路地裏の二軒長屋の一軒だった。安普請ながらも二階家だから、遠目からは願ってもない住まいに見えたのだが——。

「うげッ。食いちらかしたものがそこいらじゅうにこびりついてる」

「ありゃ、ここも。汁をこぼしたのね、拭きもしないで……」

「黴臭いと思ったら、この夜具か」

「小便臭いぞ。猫か犬が入り込んだんだろう」

「猫や犬ならいいけど、だれか酒盛りでもしたんじゃないかえ」

反故紙がちらばっているのは絵師の借家だからいたしかたないとして、これではお救い小屋のほうがまだマシだ。といって、今さら引き返すわけにもいかない。

「片づけるぞ。みんな、手を貸してくれ」

「とにかく、汚れ物を外へ出して、拭き掃除をしましょ。なんとか寝られるようにしないと」

尚武と舞は気をとりなおして掃除をはじめた。

「あたしゃ、大家に挨拶をしてきますよ」

掃除の苦手なえつは、そそくさと出かけてゆく。

「おいらも近所を見て来よっと」

すかさず丈吉も逃げ出した。もとより老婆はとっつきの座敷にデンと座り込んで風呂敷包みを抱えているだけだし、一九は手伝うそぶりこそみせたものの、反故紙を拾ってはぶつぶつ言いながら眺めているだけで、ものの役には立たない。その上、言い出しっぺの尚武までが気合だおれで、いくらもしないうちに掃除に飽きたのか、黴臭い夜具を干しに行き、そのままちっとも戻らない。結局、吐き気をこらえながら床を這いまわって水拭きをするのは、舞一人。

やれやれ、どこへ行っても同じか。気の休まる暇はなさそうだわ——。

額の汗をぬぐいながら、舞は深々とため息をつく。

とはいえ、しょせんは二軒長屋の片割れである。半刻（約一時間）ほどで汚れ物を捨て、床を拭き終え、空気を入れ替えて、なんとか人の住まいらしい体裁がととのった。

が、それで終わりではなかった。

襷をはずして額の汗をぬぐっているところへ、みはからったように次々に客がやって来た。

「へい。北斎先生からうかがっております」

腰に値の張りそうな根付をぶら下げた猫背気味の男は、事あらば逃げようとでもいうように長い顎だけを突き出し、出目を泳がせて借家を覗いた。この男、表通りの小間物屋の親爺で、名は権左衛門（ごんざえもん）。

「いえいえいえ、あっしは差配（さはい）でして……大家じゃございません。大家？ さあ、お会いしたことはないんですサ。いえね、おつやさんてぇ女人（にょにん）が月ごとにちゃんちゃんと店賃（たなちん）を集めに参りますんで……」

　この一角は卍屋五兵衛（まんじやごへえ）というお大尽（だいじん）のものだというが、大家が何者で、卍屋がどこでなにを商（あきな）っているのか、差配の権左衛門も知らないという。おつやは北斎に絵を描いてもらったことがあるそうで、破格の扱いではあるものの、北斎がいつふらりと戻っても住めるように、ここは空き家にしているとやら。

「ずいぶんと気前がいいんですねえ」

　舞は首をかしげた。

「大家は北斎びいきで……」とかなんとか差配は言葉をにごし、「北斎先生の肝煎（きもい）りなら好きにつかっても文句は言われますまい、おつやさんが来たら伝えておきますよ」とうなずいて、帳面に「若夫婦と男児、母親と老夫婦」と書きつけた。

「待て。老夫婦とはなんだ？」

　一九が目を三角にする。

「ええと、こちらさまとあちらさまがご夫婦では……」

「馬鹿もんッ。わしはこんな……こんな老人ではないッ。だいいちわしをだれと思うとるのだ。十返舎一九といったらだれもが……」

「差配さん。この二人がお父っつぁんとおっ母さんで、あっちは居候のお婆ちゃん」

「おや、ご無礼をいたしました。それでは手前はこれで……」

差配は飛び立つように帰ってゆく。

「おい、待てッ。わしがだれか知っとるのか。膝栗毛でその名も高い……」

「お父っつぁんってば。今はそんなことどうでもいいでしょ。それより、差配さんのお許しも出たことだし、ね、みんな中へ……」

とりあえずは追い出されることもなさそうだ。舞は安堵の息をつく。

もっとも安心するのはまだ早かった。北斎専用といえば聞こえがいいが、他に借り手がいないのは、北斎に入れあげている大家の好意ばかりではないらしい。差配と入れ替わりにやって来た隣家——二軒長屋のもう一軒——の愛想のいい夫婦者は、その笑顔とは裏腹に不穏な言葉を口にした。

「お化けッ」

異口同音に叫んで、一同は顔を見合わせる。

「へい。さようで」

亭主の亀吉がうなずけば、女房のおうすもしたり顔であとをつづける。

「このあたりじゃ評判でねえ。で、借り手がいないってわけ」

「だ、だけど、お化けったっていろいろあるでしょ。い、いったいどんな……」

「一つ目小僧か、ろくろっ首か」

「まさか、とり殺されるなんてことは、ないでしょうね」

口々にたずねたものの、知らないのか教えたくないのか、夫婦は目くばせをかわしあっただけだった。

「だけど、北斎先生は？　先生は平気だったんですか、お化けに出られても」

「あの先生は、絵にしか関心のないお人だから。ねえあんた」

「出たら出たで、大喜びでお化けの絵でも描いてたにちげえねえや」

「うむ。そうか。よし。なればわしも戯作のネタにしてやるか。さあ、お化け、出るなら出てみやがれ」

「ウン。おいらも見てみてえナ。出てこい出てこい、お化け野郎」

いつもながら一九と丈吉は、こういうとき真っ先に調子づく。眉をひそめた舞に、おうすがたずねた。

「それで、あんたさんらはいつまでここにいるつもりなんですか」

「いつまでって……まだなにも……なにしろ火事で焼け出されたばかりで、これからどうしたらいいかもわからないんです」

亀吉とおうすはまた目を合わせた。

「なにか、まずいことでも？」

「いえいえ、おつやさんさえ承知なら、あたしらはなにも……」

「へい。それじゃあ、困ったことがあったら、なんでもお声をかけておくんなさいよ」

隣家の夫婦は帰ってゆく。と、今度はそこへ、ぞろぞろとみすぼらしいいでたちの一団がやって来た。総勢十一人。いや、母親の背中で眠っている赤子も数えれば十二人か。老若男女が入り乱れているのは、火事で焼ける前に六兵衛店にいた住人だからで……。

「なんだ、おまえら、お救い小屋にいたんじゃないのか」

ワッととりかこまれて、一九はけげんな顔である。

「一九先生がこちらだとお聞きしましたんで……へい」

「あんなとこじゃ、生きた心地もいたしやせん」

「先生なら、おいらたちのことも、なんとかしてくれるんじゃねえかと……」

「このとおり。どうかあっしらもいっしょに」

見捨てないでくれと拝まれれば邪険にもできない。そうはいっても、広くもない二軒長屋の一軒にこれだけの人数が暮らすのは、どだい無理な話だ。

「わかりました。とりあえずは中へ……」

それぞれができるだけ早く住まいを見つけて出てゆく――という約束で、やむなくうけいれることにした。

「いいですか、夜具も茶碗もありませんからね。喧嘩しないよう皆でゆずりあって、今夜は雑魚寝ということで……」

だれも聞いてはいなかった。さあ上がれ、やれ上がれ、と急き立てて一九が一同を招き入れてしまったので、赤子は泣きわめくわ子供らは鬼ごっこをはじめるわで家の中は一気に大混乱におちいる。

「ちょっと、静かに。ねえみんな、どこでもいいから座ってちょうだい」

これじゃ、お救い小屋と変わりゃしないわ——。

舞は暗澹たる思いだ。が、嘆いている暇はなかった。そろそろ夕餉の仕度をしなければならない。といってこれだけの人数の腹を満たすには、いったいどれほどの米が必要か。焼け跡の片づけで尚武が稼いできた銭と、老婆とお狐様が二人三脚で貯め込んだわずかばかりの賽銭では、とうてい足りそうにない。

「困ったわ。質草にするものもないし……」

舞は頭を抱えた。これまでならこんなときは錦森堂へ飛んでゆき、恥を忍んで……いや、毎度慣れっこなので大手をふって……森屋治兵衛に銭なり米なり融通してもらったものである。が、それももうできない。

「おっ母さん、どうしよう」

「どうしようって……差配か隣家に頭を下げて借りるしかないよ」

「だれが頭を下げるの?」

「そりゃ、おまえしかいませんよ。他の者にゃ、できない芸当だもの」

「そんな……殺生な……」

こういうときにかぎって尚武は雲隠れ。見渡したところ、他にだれも大任を果たせそうな人間はいない。やむなく舞が、出会って間もない差配の権左衛門に当座の米を借りにゆくことになった。

「人が増えた？　そいつらの分も？　馬鹿馬鹿しい。よその家族の分まで飯をつくってやることはありませんよ」

「そうなんだけどお父っつぁんが……おだてられたら大盤振る舞いする人なんです」

舞は土下座をして額を床にすりつけた。

「困りましたねえ。ま、では、今回かぎり、ということで」

差配はきっちり量をはかり、必ず返すようにと舞から念書までとりつけた上で、米を融通してくれた。そこまではよいとして、米櫃を抱えて帰ろうとする舞の頭のてっぺんからつま先まで、たった今気づいたとでもいうように不躾な目で眺めまわしている。

「そうだ、仕事がほしけりゃ、頼んでみちゃどうですかい」

「仕事？　だれに？」

「おつやさんですよ。あんたならきっと、割のいい仕事を世話してもらえますよ」

舞はぱっと目を輝かせた。

「まあ、うれしいッ。頼んでみます。で、おつやさんはいつみえるんですか」

「さあねえ。そろそろ顔を見せてもいいころなんですがね」

気が向いたときにひょいとやって来るらしい。妙な大家の代理人である。

仕事があるなら、ぜひとも働きたいと舞は思った。通油町では踊りの師匠をしていた。近所の子供たちの手習い程度で、たいした稼ぎではなかったが、銭を稼ぐ以上に、自分にもできることがあるという充実感を得られた。焼け出された身では当分、踊りを教えるのは無理だろう。が、なにか働き口を見つけて、お救い小屋さながらの、あの息苦しい家からいっときでも離れたい。

往路とは見違えるほど軽やかな歩みで借家へ戻り、舞は早速、夕餉の仕度にとりかかった。二階からは早くも一九が大騒ぎをはじめたようで——ということは、どこかの不届き者が酒を調達したのか——にぎやかな笑い声が流れてくる。

「ま、初日くらいは目をつぶって……」

腹いっぱい食べて、明日からは各々が知恵をしぼり、精を出して稼いでもらわなければならない。ここにいたければ働けときっぱり言い渡そう……などと考えながら、舞は路地に出て、帰り道で買い求めた売れ残りのメザシを焼く。

七輪の前にしゃがみ込んで、パタパタと団扇(うちわ)をつかっていたときだ。視線の先に汚れた扁平足(へんぺいそく)がぬっと現れた。

足の主は、尚武に負けず劣らず大食漢の——。

「美味(うま)そうだな」

「お栄さんッ。亀沢町にいるんだとばかり……」

「あっちは人がいっぱいで、ざわついてる。オン出てきた。舞。飯、食わせてくれ」

二

厚かましくも一九を頼って押しかけてきた六兵衛店の住人たちは、赤子から洟たれ小僧まで四人の子を連れた留吉・おみね夫婦と、幼い娘がいる良太・おはる夫婦、出戻りのおとりと菅次郎の姉弟、それに艾売りの茂兵衛で、茂兵衛は寡だから全部で十二人。残念ながらこの中に為助一家の顔はなかった。老婆はいまだ引き取り手がないままである。

なにしろこの人数だから、夜は寝返りすら打てない窮屈さだ。それでも皆が疲れ果てていたせいか、初日はなにごともなく朝を迎えた。

「いいわね、働かざる者、食うべからず」

舞に険しい顔で言い渡されたので、男たちは焼け跡の片づけに出かけてゆく。大川の対岸は焼け野原のままだから、いくらでも人手が必要だった。わずかとはいえ賃金がもらえるし、幸運に恵まれれば掘り出し物が見つかるかもしれない。たとえ欠けた皿や焼け焦げのあるぼろ布でも、欲しがるものは数多いた。もっともだれも考えることは同じだから、そこここでくりひろげられる争奪戦もすさまじい。

女たちは、近所をまわって、紙縒りづくりやコハゼつけの内職をもらってくることになった。季節柄、団扇づくりのほうが割がいいと聞いたので、舞はお栄に絵を描くよう頼んだ。お栄はかつて扇の絵を描いたことがある。そのときも評判は上々だった。

「なにを描くんだ？　蛙か蚯蚓か」

「そうねえ。朝顔とか金魚はどう？」

「そんなもん。そうだ、お化け」

「やめてよ。みんな、いつ出るかとビクついてるんだから」

「こんだけ人がひしめいてたら、出る場所がない」

「だからお化けは出てからにして……そういやお栄さん、お狐様を描いてたわね。いいことを思いついたわ」

　ここには朝日稲荷のお狐様がいる。

お救い小屋では、「ありがたや」「うかのみたま」と唱えながら、老婆はお狐様といっしょに日がな一日、おもてに座っていた。すると皆、ありがたがって、賽銭や供え物を置いていったものだった。

　家の前の路地では狭すぎるから、川沿いの道に座ってもらったらどうだろう。老婆とお狐様のとりあわせは人の心を和ませる。道すがら手を合わせる人もいるはずだ。賽銭箱がわりの器でも置いておけば、多少は実入りがあるかもしれない。

「ねえ、道端でお狐様の団扇を売る、ってのはどうかしら」

団扇と、それから護符も。お狐様のおかげで大火で命拾いをした老婆が、お狐様にちなんだ団扇と護符を売るのだ。ご利益があると評判になればしめたもの。

「紙縒りやコハゼつけより儲かるわよ。おっ母さん、おとりさんもおみねさんもおはるさんも、みんなで団扇をつくりましょ」

団扇の絵はお栄、護符のほうは——。

「火の用心ならウチの人に頼んだらどうだい。どうせ暇なんだから」

「だめだめ。お父っつぁんがそんなもん、書くもんですか」

「いいや、書きますよ。頼まれたらわるい気はしないもの」

中風病(ちゅうふうやみ)の一九は、焼け跡へは行けない。二階にこもって戯作に専念すると豪語してはいるものの、二日酔いでごろごろ寝てばかりだ。だれもかまってくれないとなれば、当然、機嫌もわるくなる。

「そうか。だったら頼んでみようかしら。揮毫(きごう)とはいかなくても、知る人ぞ知る十返舎一九の手になる護符なら、ありがたがる人がいるかもね」

この界隈(かいわい)の人々がどれだけ一九の名を知っているか。たとえ知らなくても、そう言っておだてれば一九の自尊心は満たされる。

舞は早速、一九に護符の書を依頼した。

「このわしに火の用心の護符だと？　馬鹿もーんッ」

思ったとおり、一九は舞を怒鳴りつけた。が、こっそり眺めていると、まんざらでもなさそうな顔で硯箱(すずりばこ)を引き寄せている。

とりあえず住まいが見つかるまで……舞は六兵衛店の面々が二、三日で出てゆくものと思っていた。ところが四日が経ち五日が過ぎてもその気配はない。それればかりか、一銭も入れずに平然としている。

「ここはねえ、お救い小屋じゃないんですよ。寝るところはまあ、しかたがないとして、おまんまの分くらいは払ってもらわないと……」

思いあまった舞は、皆を集めて文句を言った。

それでもまだ出ししぶる者も――。

「留吉さん。他の人たちにも示しがつかないでしょ。家族だっていちばん多いんだし」

留吉は四人の子持ちである。

「子だくさんだからこそ、銭も入用なんで……一日も早く出てくためにゃ、貯めておかねえと。そう言ったら、先生が、よしよし、心配はいらん、と」

留吉は床に額をすりつけて涙声で訴えた。

「お父っつぁんたら、余計なことを……」

むっとしたものの、一九が安請け合いをしたのなら留吉を責めるわけにはいかない。

「わかりました。だったらみんなには食費を払ってることにしてくださいね」

「へい。石っころを包んでお渡しします」

不本意ながらもうなずいた舞だったが、いずれにしても男たちが焼け跡の片づけで得る賃金は微々たるものだ。となれば、やはりお狐様に頼るしかなかった。

「紙だってタダじゃないんだから、ほらほら、気をつけて」

「あ、ダメダメ、あっちで遊びなさい」

慣れない手作業で女たちはすぐに紙を反故にする。子供たちは駆けまわって出来上がった団扇に穴をあける。

「なによこれ」

「婆ちゃんの、足」

「お狐様を描いてって言ったでしょ」

「飽きた」

「こんな団扇、だれが買うのよ」

老婆の丸まった背中やシワシワな手足では、いくら上手に描けていても銭を出して買う者がいるとは思えない。お栄がお栄なら、一九も一九で――。

「お父っつぁん、なに書いてるのッ」

護符には「火の用心」ではなく「ヒンすりゃドン」と書かれていた。そういえば一九の人気作『東海道中膝栗毛』の中に「借銭をおふたる馬にのりあわせ　ひんすりゃどんと落とされにけり」という俳諧があった。馬のいななきのヒヒンと「貧」をかけたところがうけたのか、巷に広がって、ひところはだれもが口を開けばおどけて「ヒンすりゃドン」と言い合っていたものだ。

が、だからといって、護符に書くべき文言とは思えない。

「ちゃんと火の用心と書いてちょうだい」

「ふん。だったら、こいつでどうだ？」

「火が出りゃボン……あのねえ、お父っつぁん、これは護符なのよ、お守りッ」

世話の焼けるやつばかりである。えつではないが、舞も頭痛がして、こめかみに米粒を貼りつける始末だ。

ああだこうだと言いながらも、なんとか仕度ができた。舞は丈吉にも団扇と護符を持たせて、老婆を大川沿いの道端へ連れていった。ここならそこそこ人通りもあるし、桜の木の下だから長時間座っているにはもってこい。もちろん、お狐様もいっしょだ。

このお狐様は日本橋通油町の朝日稲荷に祀られていたもので、大火を免れた縁起の良いお狐様である、と、念には念を入れて、木札に書いて立てた。かたわらに座布団をのせた木箱を並べ、その上にお狐様を膝に置いた老婆がちょこんと座る。なにごとかと足を止める者、木札を眺めてからかい半分に拝んでゆく者がひきもきらないのは、舞の予想どおりだった。が、お救い小屋の前に座っていたときのように、賽銭や貢物を供えてゆく者はめったにいない。団扇や護符の売り上げとなるとさらに予想外れで――。

「大評判になると思ったのに」

「朝日稲荷といったって、ここいらじゃ、なじみがないからなあ」

大火からこっち紛い物ばやりで、怪しげな商いが横行している。お狐様だって、本物だという証はないのだ。

「そうね。あそこじゃ、藁をもつかみたい人ばかりだったものね」

「まあ、焦らんことだ」

舞と尚武は、疲れ果てた顔でそんな会話を交わした。おびただしい数の被災者がいる。家を失ったただけならまだしも、巷には家族や知人を喪った人々があふれているのだ。

命があるだけでも、ありがたいと思わなくちゃ――。

舞は老婆に倣って「ありがたや、うかのみたま」と唱え、底が見えそうになっている元気をかき集めた。

三

「確かにここへ入れといたんですよ。いくらオアシだからって、どっかへ行っちまうなんて」

おとりが舞に訴え出たのは、お狐様の御開帳をはじめた翌日だった。

訴えによると、弟の菅次郎が焼け跡で稼いできた銭を預かって巾着に入れておいた。巾着は肌着のあいだに挟んで風呂敷で包み、枕がわりにしていたが、朝になって開いたら巾着ごとなくなっていたという。

「おかしいわねえ。そういやおっ母さんも、棒手振に払うつもりで置いてた銭がなくなったって言ってたっけ」

ところがえつはその話を引っ込めた。さすがに今は隠れて酒を呑むほどの余裕はないものの、以前は酔っぱらってしくじることがままあったから、ひょっとして自分の勘違いかもしれないと思いなおしたのだろう。

「ここにはコソ泥がいる。それはまちがいありませんよ」

被害にあったのは、おとりだけではなかった。着の身着のまま焼け出された者の集まりだから貴重品ではないものの、小銭がなくなったり、焼け跡で拾ってきたガラクタが消えてしまったり……。

「ここだけの話だけど……」と、おとりは声をひそめた。「あたしは茂兵衛さんが怪しいとにらんでるんです。夜中にうろついてるとこ、この目で見ましたよ」

ところが茂兵衛は茂兵衛で、まったくちがうことを申し立てた。

「あっしは厠へ起きたんでサ。そしたら良太とおはるがこそこそ話していやがったんで。あの夫婦こそ、怪しいんじゃありやせんか」

で、その良太は、というと――。

「おいらは留吉の仕業だと思うな。ここんとこ青い顔で、びくびくしてやがる。あれはうしろ暗いことをしてるからにちげえねえ」

皆が皆、怪しいのでは、どうしたらいいのか。舞は思案に暮れた。交代で不寝の番をしようなどと言い出せば、だれもが疑心暗鬼にとらわれて、狭い家の中は殺伐としてしまうにちがいない。それでなくても、このところ喧嘩もしょっちゅうだった。子供同士が饅頭を奪い合うのはまだしも、大人たちが、だれの鰯が大きいかに目を光らせ、寝相のわるさや厠の順番で言い争いをするのは見るに堪えない。つまりは、先の見えない焦燥にかられて、皆の心がすさんでいる証拠で――。

そんな中、老婆だけが泰然自若を貫いていた。お狐様も変わらない。いつもながらの半眼は起きているのか、寝ているのか。

二軒長屋の相方の夫婦も、浮世の沙汰には関心がなさそうだった。

毎朝、おうすは家の前で、竹箒をつかう手を止めて訊いてくる。

「まだ、出ませんか」

「ほう、まだ出ねえんで」

湯屋へ出かけるたびに、亀吉は家を覗きこんで首をかしげる。

「お化けだって二の足を踏みますよ。あら、足はないんだっけ」

舞は苦笑した。

「よほどの物好きならともかく、お父っつぁんにお栄さん、それにあの連中じゃ、あたしがお化けだって出る気にはなりませんよ」

お化けだけでなく、おつやとかいう大家の代理人もまだ訪ねて来ない。差配の話を聞いて以来、舞は働き口を世話してもらおうと首を長くして待っているのに、こちらもどうしてしまったのか。

混とんとしたまま、日々が過ぎてゆく。


とある夕暮れ時。焼け跡の片づけから帰ってきた尚武が、舞に耳打ちをした。

「ちょいと、いいか」

ただならぬ目の色である。

「もしや、為助さんの消息が……」

「いや、残念ながら、そっちはまだだ。おまえに相談がある」

まわりの耳目を避けるためだろう、尚武は舞を二階の奥へ連れていった。二人は壁にぴたりと貼りついて、額を寄せ合う。

「焼け跡で千両箱を見つけた」

「せ、千両箱ッ」

「しッ。持って逃げるのは無理だと判断して、埋めておいたんだろう。むろん、騒ぎが鎮まったら取りに来るつもりで」

いまだに埋まっているということは――。

「でも、取りに来られなくなったんだとしてもだれか、家族とか、縁者とか……」

「おれもそう思ったんで調べてみた。おまえも知ってるだろう、緑橋のたもとの柳の木があったところ……」

「あそこにはちっぽけな茶店が……けど、まさか、あの老夫婦が千両箱なんて……」

「確かに妙だ。が、焼けた柳の根元にあったのは確かだ。あの爺さん婆さんは気の毒に焼け死んだそうで、身内もいないらしい」

つまり、千両箱の持ち主はいない、ということになる。

「どうするつもり?」

まずは舞に相談しようと、だれにも知られないよう、元のまま、柳の根元に埋めて隠してきたという。

「お上へとどけ出るべきかもしれんが……」

「だめよッ。だめだめ。そんなことしたら一銭も入らない。ね、今はだれのものでもない、ってことは、見つけた者のものじゃないの。そうよ。盗むわけじゃないんだから、そっくりいただいたってバチはあたらないわ」

話しているうちに、自ずと熱がこもってくる。千載一遇の幸運に胸が高鳴り、舞は喉から手が出るほど、千両が欲しくてたまらなくなってきた。できることなら今すぐにも取りに行きたい。

「緑橋の柳の根元に千両ッ。ああ、ありがたや。これもお狐様のおかげかも」

「しッ。大声を出すなって。どうするか、考えんとな」

「考えるまでもないでしょ。すぐに掘り返しに行かなくちゃ」

「そうはいかん。お上の手先に見つかって、そいつはなんだと訊かれたらまずい」

瓦礫運びや掘立小屋の築造で人がごったがえしている昼間とちがって、夕刻以降は閑散としている。とはいえ治安は最悪で、木材泥棒は後を絶たないし、焼け出された者が入り込んでまたもや火事でも出そうものなら目も当てられないので、番太郎や自警の夜回りが常に目を光らせていた。千両箱を持ち出すのはそれほど容易ではない。

「で、考えたんだ。むろん、おまえがウンと言えば、だが……」

千両箱は持ち出さない、と尚武は言った。舞は目を丸くする。

「あきらめるってこと？　そんなッ」

「そうではない。ここへ運び込んでも、この手狭さだ。隠してはおけまい」

皆の目の色が変わる。それでなくても盗んだ盗まれたと罪をなすりつけあっている連中である。家内に大金があると知ったら、どんな騒ぎが巻き起こるか。

「片づけの合間に、各々がふところに隠して持ち帰る」

つまり、皆で山分けしようというのだ。

「そのかわり、ここから出て行ってもらう」

そろそろ限界だった。お救い小屋の役目は十分に果たした。なんだかんだ言っても、皆それぞれ多少の銭は貯めているようで、割を食っているのは一九一家ばかりだ。

「つまり五つに分ける、ということね」

「その場で数えてもおれんから、交代に来て、速やかにふところへ入れる」

舞は鼻の頭にしわを寄せた。子だくさんの留吉一家もいれば、天涯孤独の茂兵衛もいる。それを言うなら一九のところは居候のお栄と老婆を入れて七人だ。不公平ではあるが、あれこれ言っていて他のだれかに持ち去られるよりはマシだろう。

「しかたがないわ。そうすればみんなが助かるんだし」

「天から降ってきたようなものだ。欲をかいて独り占めなどしようものなら、天罰が下るやもしれん」

「そうね。六兵衛店のみんなだって、朝日稲荷の功徳（くどく）に与（あずか）るのは当然ね」

焼け出されたばかりで今はだれもがとげとげしているものの、六兵衛店には貧しいけれど気のいい人たちが住んでいた。だれもが足しげく朝日稲荷へ通い、手を合わせていたのだ。花見や月見や、境内で騒いだなつかしい光景が、舞のまぶたに浮かんでいる。

夕餉のあと、尚武は一同に千両箱の話をした。一同の驚きたるや……奇跡のような話に目を輝かせ、皆がいっせいにしゃべりだして収拾がつかない。

「落ち着け。静かに。いいか、他言無用だぞ。喧嘩も奪い合いもナシだ」

切り餅と呼ばれる小判二十五枚を四束ずつ。残りは尚武が半分を為助一家に進呈するために預かっておくということで話はまとまった。発見者は尚武だ。なのに分け前をもらえるとあってだれもがほくほく顔、配分のし方に異議を唱える者はいなかった。

「怪しまれぬよう、いつもどおり、しっかり働け」

そのためにも夜は寝ておかなければならない。一同は早々と床についた。もっとも、興奮の極みにある面々が熟睡できたかどうかはわからない。

「お人よしは馬鹿をみる」

少なくとも眠る前にそう吐き捨てたお栄は、毎夜のごとく太平楽(たいへいらく)に鼾(いびき)をかいていた。

四

翌朝、自分も行くと言って聞かない一九を思いとどまらせるためにひと騒動あったものの、尚武、留吉、良太、菅次郎、茂兵衛の五人は、まだ明けきらないうちに、勇んで出かけて行った。

「お父っつぁん、無理するとまた痛みが出ますよ」

「千両箱はわしんだ。勝手に決めおって……だれにもやらんぞ。やらんやらんやらーんッ」

「見つけたのはウチの人です」

「おまえの亭主はわしの弟子だッ」

こういうときの一九は手がつけられない。

もちろん、そんなことにかまっている者はいなかった。思いがけない大金が手に入るというので、女たちもそわそわと落ち着かない。まるでもうお大尽になったかのようにはしゃぎ、なにを見てもきゃあきゃあと笑い合う。

「お栄さん、うれしくないの？　明日からおまんまが腹いっぱい食べられるのよ」

「フン」

「もっと広いとこにだって引っ越せるし、そうすれば絵だって好きなだけ……」

「とらぬタヌキ」

「タヌキじゃなくてお狐様のおかげだってば」

「フン。知るか」

「まったく、天邪鬼（あまのじゃく）なんだから」

そうこうしているうちにも時が過ぎてゆく。

男たちが悄然（しょうぜん）とした顔で帰ってきたのは、午前も早い時刻だった。

「ないッ。ないって、まさか、なくなってたってこと？」

舞は足が地面にめりこんでゆくような衝撃を覚えた。

尚武によると、すでに何者かに掘り返されて、箱ごとそっくり失せていたという。

「嘘でしょ、だって、朝いちばんに駆けつけたのに……」

夕べの今朝である。だれかが持ち出したとしたら、夜のあいだ、ということになる。

「昨日見つけたとき、だれかに見られてたんじゃないの。で、そいつが夜中に戻ってきて……」

「それはない。だれもいなかった」

万にひとつ遠くに人がいたとしても、尚武が千両箱を見つけたことに気づくはずがない。なぜなら、柳の根っこを掘り返そうと土中を覗き込んだところでなんだろうといぶかり、蓋を開けて見ただけで、箱を引き上げたわけではないからだ。しかも、箱はそのまま埋めて、余人にはわからぬよう地面もならしてきた。

「だったら、身内……はいないとして、知り合いのだれかが掘り返したんじゃないの。千両箱があることを知ってた人がいて……」

「だとしても、なぜ、昨晩なんだ？　おれが見つけるまで何日もあったのに」

「それもそうだわねえ。あなたが帰るまでだれにも話さなかったんなら……」

「おまえ以外は、夕餉のときに話しただけだ」

二人ははっと顔を見合わせる。

「そんなはずは……みんな、寝てたんだし……」

「階下のことはわからんさ」

「だけど、こっそり出てけば、だれかが気づくはずよ」

「だとは思うが、他に考えられんとなると……」

「独りや二人では運べないって言ったでしょ。それに、現に今、ここにはないんだし……」

「ここまでは運ばなくても、近場へ隠したのやもしれん。ほとぼりが冷めたら、取りに行くつもりでいるのかも」

「独り占めするために？」

「疑いとうはないが……」

けれど、もし不幸にも二人の推測が当たっていたとしても、どうやって盗人を見つければよいのか。

「だれか、おかしな人は？　びくびくして目が泳いでた、とか、失せたとわかってもさほど驚かなかったとか、それとも反対に、やたら大げさに騒ぎ立てたとか……」

尚武は首を横にふる。

「とにかく裏切り者を放っとけないわね。話を聞いてみましょ」

横取りをするなどもってのほかだ。このままにはしておけないと、舞は怒り心頭に発したといった顔で階下へ下りてゆく。

ところが――。

階下ではすでにすさまじい修羅場が展開されていた。

「てめえ、横取りしやがったな」

「おめえこそ、とっとと返しやがれッ」

「なんだと？　他人様になすりつけようってのか。てめえに決まってら」

手に入るはずの大金を寸前に奪われ、極楽から地獄へつき落とされたようなものだから、みんな殺気立っている。男たちだけではなかった。女たちもキーキーギャアギャア騒がしい。殴るわ蹴るわ髪を引っ張るわ……そんなところへ下りてきた尚武と舞は不運としか言えなかった。

「そうか。わかったぞ。あんたらの仕業だな。惜しくなって、あっしらが寝てる間に……」

「おう。道理で平気な顔をしてると思ったぜ」

「やっちまえーッ」

だれかが叫ぶや、尚武ばかりか舞までがもみくちゃにされてしまった。

「待てッ。やめろッ。いいかげんにせんか」

「落ち着いてってば、ね、話し合いを……」

だれも耳を貸さない。

と、そのときだった。

「出てけーッ」

一九の大音声が鳴り響いた。

バシャッと水が降りかかる。水桶を手に仁王立ちになっているのはお栄だ。

一同は夢から覚めたように棒立ちになった。

「出てけッ。恩知らずどもめがッ」

「先生……」
「一九先生、あっしらは……」
「うるさいッ。問答無用ッ。今すぐ出てけ」

一九の剣幕に恐れをなして、一同は茫然（ぼうぜん）としている。すぐに出て行けと言われても、おもてで遊んでいる子供たちをかき集めたり、なけなしの荷物をまとめたり、それなりの仕度が必要だった。一方、尚武や舞にしても、出て行ってほしいのはやまやまながら、このまま出て行かれては盗人の思う壺（つぼ）。

その日の夕餉は、気まずい雰囲気のまま、だれもが黙々と箸を進めた。落胆が大きすぎて、皆、口を開く気にもなれないのだ。機嫌がよいのは老婆だけで……まわりの気配を察したか、子供たちまでがちぢこまっている。

「お父っつぁんの言うとおり、このままではもう限界だわ。かといって出てかれたら……あーあ、千両箱を横取りした不届き者を見つける手立てはないものかしら」

台所で夕餉の後片づけをしながら、舞はため息をついた。

えつも眉間にしわを寄せる。

「困ったねえ。こういうときこそ、お化けが出てくれればいいんだけど」
「お化けじゃどうにもなりゃしない」
「そんなことありませんよ。今、お化けが出てごらん。すくみあがって、千両箱を返すに決まってます」

「おっ母さんたら、そう上手くは……」

「いいえ、心に疚しいことがあれば、お化けってだけで腰を抜かします。祟られたら一大事。あの連中はね、ああ見えて、肝っ玉がちっちゃい者ばかしだもの」

「ふうん。そんなものかしら」

なるほどそうかもしれないと舞も思った。これまで出なかったお化けが、よりによって今夜、出たとする。みんな肝をつぶすはずだ。千両箱を横取りした張本人がもしいるなら、だれにもまして怯え戦き、馬脚を露わすにちがいない。

「だとしても、そう都合よく出てくれっこないわ」

「そうだねえ。お化けにだって都合ってもんがあるだろうし」

「ほんと……あ、そうだッ。いいこと思いついたッ」

舞は二階へ駆け上がった。絵筆を動かしているお栄の正面にぺたりと座る。

「ヤだね」

「まだなにも言ってないわよ。あのね……」

「ヤなこった。お断り」

「なによ。それが居候の言う言葉かしらね。ねえねえ、お栄さんにやってほしいことがあるの」

「自分でやりゃいいだろ」

「お岩はお栄さんでなきゃ……あわわ、あたしやおっ母さんにはできないことなの。だってほら、芝居心がないから。その点、お栄さんは、そんなスゴイ絵を描けるくらい器用だし、なんだって上手にできちゃうから……」

山ほどおだてまくると、さすがのお栄も筆を宙に止めた。

「むろん借りは返すわよ。なんだって言うとおりにするから」

「フン。なんになれってんだ？」

「お化け」


お化けは丑三つ時に出るのが好ましい。

まだ早いので、舞は二階の寝床に入ってうつらうつらしていた。どれくらい経ったか。階下から流れてきたざわめきではっと目を開ける。

となりで尚武が鼾をかいていた。途切れ途切れに聞こえる寝言は一九か。

「おや、なんだろ」

えつがもぞもぞと身を起こした。

「見てくる」

老婆や丈吉を起こさぬよう、舞は息をつめて寝床を抜け出した。忍び足で階段を下りる。といっても階下の騒ぎは増す一方だから、安眠が破られるのは時間の問題ではあったが……。

お栄さんたら、なんで声をかけてくれないのよ――。

うっかり寝過ごした自分がわるいとしても、発案者はこの自分、舞なのだ。勝手にはじめられてはかなわない。

もっともそこが、お栄らしいと言えばお栄らしかった。はじめはしぶしぶ承諾したくせに、あだこうだとお岩の顔の爛れ具合を試しているうちに、すっかりその気になってしまった。結局はやる気まんまん。一刻も早く皆をぎょっとさせたくて、待ちきれなかったのだろう。

階下は異様な興奮に包まれていた。今現在は、身動きをする者も口を開く者もない。暗いので鮮明には見えないが、台所のほうから漏れてくる薄明かりで見るかぎり、全員が呪術にでもかけられたかのように凍りつき、同じ方角を眺めている。

舞も首を伸ばして、台所のほうを見た。

こちらから見ればいちばん奥まった勝手口のあたりに、白い影のようなものが浮かんでいた。長い髪が顔の大半をおおっている。女のお化け、というより幽霊……。

フフフ、なかなか堂に入ってるじゃない——。

舞は思わず吹き出しそうになった。が、感心するより先に気づいた。幽霊は、頂戴をするように片手をこちらに突き出し、聞き取りにくい声で「一枚、二枚……」とつぶやいている。ということは、「四谷怪談」のお岩ではなく、「番町皿屋敷」のお菊に変更したようだ。確かにそのほうが千両箱騒ぎにはふさわしかった。父親の北斎はどちらの絵も描いているから、お栄も幽霊話にはことのほか詳しい。

時が止まったような静寂は、実際にはほんの一瞬だったにちがいない。

ダダダダダと階段を駆け下りる音がした。

「どうしたッ、なにかあったのかッ」

尚武である。えつや丈吉、一九までが雪崩（なだれ）のようにつづいている。

だれかが行灯（あんどん）に火を点（つ）けた。あたりがボワッと明るくなった。

幽霊はもう消えている。

「おい、見たか」

「見た見た。ありゃ、皿屋敷のお菊だな」

「きれいな女でしたねえ。あたしゃ、ついうっとりしちまって」

ざわめきは戻ってきたものの、だれもが一様に薄気味わるそうな顔をしているだけで、うしろめたさに七転八倒している者はいない。両手を揉（も）み合わせて謝る者も。

なあんだ、これじゃお化けも役立たずか――。

舞は落胆した。せっかく化けて出たのに効果ナシでは、勝手口の外で騒動が鎮まるのを待っているお栄もがっかりするにちがいない。

それにしても……と、舞は苦笑した。どうやって化けたのか。醜い顔のお岩なら容易に化けられても、奥女中のお菊に化けるのは至難の業だったはず。女たちが見惚（みと）れるほどの美人に見せるために、お栄はいったいどんな工夫をしたのか。

訊いてみなくちゃ――。

そう思った、まさにそのときである。

「おい舞、なにしてるんだ？」

耳元で声がした。

「あッ、お栄さんッ」

たった今起きてきたばかりにちがいない、寝乱れた浴衣（ゆかた）姿のお栄を見た瞬間、舞は悲鳴をあげ、気を失った。

五

「困ったことがあったら、遠慮なく言ってくださいね」

「皆さん、お世話になりました」

「このご恩は忘れやせん。先生もお達者で」

「ふん。わしはまだ死なんぞ」

「丈吉っちゃん、また遊ぼうね」

「うん。いつでも来い。待ってらあ」

最後まで居残っていた子だくさんの留吉一家が出て行ったのは、大火からひと月以上が経った五月、それも半ばを過ぎていた。

気が抜けはしたものの、米の減り具合を鑑みれば、やはり一九一家にとってはほっとひと息といったところだ。焼け跡にもすでに新たな家々が立ち並んで、小遣い稼ぎができる片づけ仕事も減りつつある。

為助一家は、いまだ行方知れずだった。老婆は居座ったままだ。

一方、千両箱の一件は、お化け騒ぎのあと進展があった。なぜどうして……と詳しいことは不明ながら、千両箱を持ち逃げした盗人がいたことだけは明らかになったのだ。少なくとも、六兵衛店の住人ではなかった。

例の夜、緑橋の近くで、見回りをしていた番太郎が災難にあった。はじめは辻斬りの仕業だと思われていたが、息を吹き返した番太郎の話から、黒装束に身を包んだ数人が千両箱を抱えて逃げ去っていたことがわかった。なにか妙だと声をかけたところ、有無を言わさず斬りつけてきたとか。

「何者でしょう?」

「いずれにしても、鉢合わせしたら命がなかった」

「くわばらくわばら。身の程も知らず、銭を欲しがっちゃあいけねえってことでさね。肝に銘じますサ」

というわけで、六兵衛店の住人たちも疑心暗鬼から解放された。

「さてと。これからが正念場ですね」

「うむ。いつまでもその場しのぎではおれんしなあ」

とりあえず借家はあるものの、北斎の好意で住まわせてもらっているようなものだから、いつ出て行けと言われるか。居候が大挙して出て行ってくれたので落ち着いた暮らしはできそうだが、なじみの書肆(しょし)が焼け出されたこともあって中風病の一九の戯作もとどこおったままだし、こんな状況では舞が踊りの師匠で稼ぐあてても当分ありそうにない。お狐様人気も今ひとつで、団扇や護符の売り上げも期待はずれ。

「あーあ、なにか、もっと稼げる仕事がないかしら」

となれば、頼みの綱はおつやである。

早く来い来いと、舞は首を長くしておつやの登場を待ちわびた。

女房妬くほど

一

「まったく、人使いが荒いんだから……」

二階の小座敷へ銚子(ちょうし)と肴(さかな)の盆を運びながら、舞(まい)は愚痴(ぐち)をこぼした。

舞の一家はこの春、大火事で焼け出された。今は深川佐賀町(ふかがわさがちょう)の長屋に仮寓(かぐう)している。家族が全員、無事だっただけでも御(おん)の字で、住まいまであるのだから文句を言ってはバチが当たる。わかってはいるものの……。

日々の糧(かて)を得るのは並大抵ではなかった。霞(かすみ)を食っては生きられない。

そう、働かなくちゃ――。

長屋の差配(さはい)の勧めで、舞は大家の代理人だという妙齢の美女、おつやに相談をもちかけた。

「おやまあ、すぐに稼(かせ)げる仕事ねえ……」

初対面のおつやは舞を頭のてっぺんから足の先まで眺めまわし、片えくぼを浮かべてトンと胸を叩いた。この界隈では顔だというだけあって、すぐさま中ノ橋のたもとにある椿屋という茶屋の女将に紹介状を書いてくれた。

「先方もきっと願ったり叶ったりでしょうよ」

おつやの言葉に嘘はなかった。紹介状を手に訪ねたその日から働かせてもらえることになったのはよいとして、なれない上にこきつかわれて、ともすれば音を上げたくなる。

大火事に見舞われる前、舞一家は通油町の地本会所内の借家に住んでいた。当時も余裕のある暮らしぶりとは言えなかったが、それでもなにやかやと飢えない程度の実入りはあったし、舞自身も踊りの師匠をして家計を支えていた。

が、今はちがう。一日も早く稽古を再開したいが、そのためには稽古場はもとより諸々の仕度が必要だ。なにもかも焼けてしまった今は着物一枚、扇一本にも事欠くありさまである。だいいち弟子が集まらなければはじめられない。弟子の多くも被災者だから、習い事などする余裕はまだない。

仕事があるだけめっけもの、そう思わなくちゃね——。

舞は自らを励ますように帯をきゅっとしごく。

「ちょいとーッ、なにぐずぐずしてるのさ。芙蓉の間から酒の催促だよ」

「はーい。ただいまーッ」

大酒呑みの父親をもったおかげで、子供のころからひもじい思いはしょっちゅうだった。質屋通いも書肆への無心も舞の役目だったが、外で働いたことは一度もない。慣れない仕事に、舞は緊張のしどおしだ。

大酒呑みの父親とは、『東海道中膝栗毛』で大当たりをとった戯作者、十返舎一九である。一九に加え、母のえつ、亭主の今井尚武、養子の丈吉、それに居候のお栄――著名な絵師、葛飾北斎の娘――と、火事の最中に裏長屋の住人、為助一家から押しつけられた、「ありがたや」と「うかのみたま」しか言葉を発しない老婆の七人は、いったんお救い小屋へ身を寄せた。さらにそのあと、北斎の伝手でこの長屋へ移り住んだ。そこまでは不幸中の幸い。が、丸裸になった上に頼りとする書肆も被災したため、一家は明日の食い扶持にも事欠くありさまである。おつやの助けがなかったら、今ごろはどうなっていたか。

おつやに足を向けて寝られないのは、一人、舞だけではなかった。一家のだれもが――老婆以外は――大なり小なりおつやの恩恵をうけている。

一九は、はじめて出会ったその日、「まあ、あの弥次さん喜多さんの生みの親なんですねえ」と驚かれ、「面白くて何度読んだか」などと褒めちぎられた上に「ぜひともつづきをお願いします」と流し目でねだられて大いに発奮、すっかりその気になってしまった。別人のように真剣に執筆にとりくんでいる。といっても、中風病の老人にはかつてのような才気も忍耐もないので、いつになったら書き上がるか。

「あら、美味しい。さすが長年、家を守ってきたお人はちがいますねえ。あたしなんぞ、お出汁もろくにとれなくて……」

教えてくださいとおだてられ、えつも初対面のその日からおつやびいきになった。土産のお菓子や玩具であっさり手玉にとられた丈吉は言うに及ばず、十人中九人には目もくれない……というより邪険に追い払うお栄までが、おつやには――愛想とまではいかないまでも――不機嫌な態度を見せなかった。なぜなら、北斎の娘と聞いたおつやが、お栄に仕事の依頼をしたからである。

「で、なにを頼まれたの？」

「枕絵」

「だけど、見なきゃ描けないってお栄さん……」

「いくらでも見られるサ。そういう見世があるんだ。出入りは自在」

「ふうん、それでひきうけたのね」

「売れない団扇よりかマシだろ」

お栄は目下、枕絵に専心している。ときおり紙と矢立を手に出かけてゆくのは、女郎と客のあられもない姿態を覗き見するためだろう。

おつや旋風は、尚武も巻き込んだ。

尚武はおつやから、顔見知りの船主に頼まれたという荷揚げの仕事をまわしてもらった。見るからに強靭な体つきが買われたようだ。剣術に長けているとわかった今は用心棒も兼ねているらしい。困窮した一家にとっては願ってもなかったが――。

以来、尚武は嬉々として出かけて行く。夜更けに帰ることもままあった。いたしかたのないこととはいえ、夫婦は互いに疲れ果てているので会話をする暇もない。たまに用事があって話しかけても尚武は上(うわ)の空。

　なにより舞は、おつやの名が出たときの尚武の顔が気になっていた。頬が紅潮して双眸(そうぼう)がきらめいている。ひと言も逃(のが)すまいと耳をそばだてる様子は、おつやへの関心が並々ならぬものであることを示している。

「もしやおつやさんに……まさか……ウチの人にかぎって……」

　笑い飛ばしたいところだが、おつやは、女から見ても色香にあふれていた。それでいて媚(こび)を売るようなところはみじんもなく、気風(きっぷ)がよくてしゃきっとしている。万人に惚(ほ)れられるのもうなずける。

　あたしなんか、とても太刀打(たちう)ちできやしないわ――。

　尚武がおつやに……そう思うだけで気が気ではなかった。

　物思いにふけっていたせいだろう。舞はうっかり、芙蓉の間ではなくひとつ手前の座敷の襖(ふすま)を開けてしまった。「お待たせ……」と言いかけてすくみあがる。声をひそめて話し込んでいた三人の男たちが、いっせいに口をつぐみ、鋭い視線を向けてきた。

「あ、あわわ、ご、ご無礼いたしました」

　頭を下げて襖に手をかけたとき、中の一人が「お待ち」と呼び止めた。大店(おおだな)の主人らしき初老の男で、頬に刀傷のある浪人者と目つきの鋭い目明かし風の男という物騒(ぶっそう)な輩(やから)たちと対峙(たいじ)しながら、ひとり悠然(ゆうぜん)とかまえている。

「見ない顔だが……おまえさん、おつやさんの紹介で来たとかいう……」

「舞と、申します」

「ふむ、踊りの師匠をしてたんだったか……」

「は、はい。先だっての火事で焼け出されるまでは」

「ほほう。なるほどなるほど」

値踏みするような目つきに、舞は背筋がぞくりとした。あわてて目を伏せる。

男は一変、猫なで声を出した。

「だったら宝の持ち腐れじゃないかね。ちょうど明日、ここで宴席をもうけることになってるんだが、ひとつ、踊りを見せてもらおうじゃないか。場合によっちゃあ、倍も三倍も稼げる仕事を紹介してやってもいいんだよ」

そう言われれば、ほんの少し、心が動く。とはいえ警戒心のほうが勝っていた。美味しい話には要注意だ。

舞はもう一度、頭を下げて、そそくさと逃げだした。

帰り際、女将にその話をすると、女将は驚いたように舞を見た。

「おやまあ、あの旦那(だんな)がおまえさんにねえ……」

「どういうお人なんですか」

「洲崎(すざき)の旦那かい？　木場のあたりじゃいちばんのお大尽(だいじん)だよ。銭払いもいいし、心づけだってたんまりくれるし……」

「おつやさんとも知り合いのようでしたけど」

「そりゃそうだろ。おつやさんもたびたび呼ばれてるからね」

女将は明日、ぜひとも踊りを見せてやるように、と勧めた。

「めったにない話じゃないか。気に入られりゃめっけものだよ。ご祝儀だってはずんでくれるだろうし」

二

「ねえ、おっ母(か)さん、おっ母さんは平気なの？　おつやさんのこととなるとお父(と)っつぁん、鼻の下のばしちゃってさ」

舞は煮炊きの手を止めて、えつの顔色をうかがった。

「平気に決まってるだろ。ありがたいじゃないか、おつやさまさまだよ。おかげでまた書こうって気になってくれたんだから」

「そりゃそうだけど……心配じゃないの？」

「なにを心配するのサ？　あの人は中風病の老人ですよ」

「だけどお父っつぁんは、三度も女房をとりかえてるし、それ以外にも、丈吉のおっ母さんやらなにやら山ほど……」

「それは若いころのこと。あの爺(じい)さんじゃ、だれも相手にするもんかえ。ま、おつやさんさえいいんなら熨斗(のし)つけてあげたいとこだけど。もらってくれっこないやね」

「おっ母さんてば、心にもないことを……あたしがおっ母さんだったら……」

いや、そうではない。舞が言いたいのは一九のことではなかった、尚武である。

えつは娘の思案顔を見て、けろけろ笑った。

「婿殿(むこどの)のことなら、心配はいりませんよ。考えてもごらんな。家もなし銭もなし、おまけに妻子もちで見てくれだって今ひとつ……いくらおつやさんが物好きでも、見むきなんかするもんかえ。女房妬(や)くほど亭主モテもせずってね」

「なによ、そこまで言わなくたって」

舞は頬をふくらませた。ムッとして台所をあとにする。

二階ではお栄が枕絵に専心していた。

「それにしてもねえ、よくもまあ、こんなもん、微(び)に入り細(さい)に入り描けるわねえ」

お栄は目を上げようともしない。

「わるいか」

「わるかないけど、お栄さん、亭主もいないのにサ……」

「いた」

「あ、そうか。等明(とうめい)さん、最近噂(うわさ)を聞かないけど、どうしてるのかしら。フフフ、きっとお栄さんとは正反対の、やさしくて愛嬌(あいきょう)のある奥さんと暮らしてるわね」

しまったと思ったときはもう遅かった。たっぷり墨(すみ)をふくんだ筆が飛んできて、舞の顔にふりかかった。

「ああ、やだ。なにもそんなに怒らなくたって……」

「舞こそ気をつけな。知らぬは女房ばかりなり」

懐紙で顔の墨を拭いていた舞は、はっと手を止めた。

「今、なんて、言ったの？」

「別に」

「いえ、言ったわ。気をつけろって。知らぬはなんとかって、どういうこと？」

たった今、えつとも尚武の話をしたところだ。

「ねえ、なんなのよ、教えて」

「うっるせえなあ。おれは絵を描いてるんだ」

「でも言ったじゃないの。あたしの知らないことってのはなんなの？」

舞はひきさがらなかった。根負けしたお栄が、面倒くさそうに話したところによると、尚武とおつやが道端でコソコソ話をしているところを一度ならず見たという。

「立ち話くらい、するでしょ。道で会えば」

「あれは、ただの立ち話じゃないね」

「いいかげんなこと、言わないでッ」

舞はぷんぷんして階下へ下りる。すると耳ざとく足音を聞きつけて、襖の向こうから一九が声をかけてきた。

「おーい、舞。こいつをおつやさんにとどけてくれ」

「お父っつぁんッ。おつやさんの住まいなんか、あたしが知るわけないでしょッ」

おつやさん、おつやさん、おつやさんの大安売りだ――。

舞はますます腹が立ってきた。こうなったらいっそ、洲崎の旦那とかいうお大尽に踊りを見せて気に入られ、芸妓にでもなんにでも鞍替えしてやろうか。豪奢な衣装をまとい、踊りの名手として名を上げて、ばんばん稼いでやるのだ。

おつやさんなんかに負けてたまるか――。

茶の間につくねんと座している老婆のそばへにじりよって、舞は真顔で話しかけた。

「お婆ちゃん。ね、お婆ちゃんはどう思う？　踊りで身を立てるってことだけど」

答えが返ってこないのはわかっていた。案の定、老婆はいつものように「ありがたや、うかのみたま」と返しただけだった。ただ、ひとついつもとちがったのは、膝の上に置いていた朝日稲荷のお狐様をとりあげて、舞の膝の上へ置いたことだ。

舞は驚いて、お狐様の顔をまじまじと見る。

「お狐様に訊けってこと？　そうなのね、お婆ちゃん。わかったわ。ならお狐様。あたしはどうしたらいいんでしょう？　教えてくださいな」

お狐様はコンともスンとも答えなかった。相変わらずの眠たげな半眼で舞の顔を見返している。

そのまなざしは、少しばかり、もの悲しげにも見えて……。

「そうよね。お狐様だって一日も早く朝日稲荷へ帰りたいわよね。今思えば、あのころはよかった……。なんの悩みもなかったもの。お参りがてら、よく迎えに行ったっけ。まだ夫婦じゃないころから……別に惚れてたわけじゃなかったけど、だけど、あの人といると気を遣わなくてすむし、なんだって言いたいことが言えるし……」

眼裏に、竹刀を手に剣術の朝稽古に励む尚武の姿が浮かんでいる。

「そうか。そうよね。ぐずぐず考えてるより、単刀直入に訊いてみるのがいちばんだわね。言いたいこと言わなくっちゃ。お狐様。そのお顔を見てたら、なんだか元気が出てきたわ」

舞は老婆にお狐様を返した。ご利益がなさそうだと軽んじてきたが、にわかに神々しさを増したようにも見える。

そう。火事からこっち、ずっとざわついていた。狭い家で大勢がひしめきあっていた。夫婦水入らずで話す機会などいっぺんもなかった。

相談してみよう……と、舞は思った。踊りを所望されたことを話して、意見を聞いてみよう。むろんそれはひとつのきっかけにすぎない。話すことはいろいろある。おつやとなにを話していたのか、なによりそれが知りたい。

その夜、舞は眠い目をこすりながら尚武の帰りを待った。

ところが――。

こんなときにかぎって尚武は朝帰り。しかも、あろうことか、よくぞ帰り着いたとあきれるほど酔っぱらっていた。

三

「ねえ、起きて。ちょっと、いつまで寝てるのよ」

舞は尚武をゆり起こそうとした。

一九一家が仮寓している二軒長屋は二階建てで、二階には二間……といっても片方は納戸用に造られた板間で、もう一方は六畳ほどの座敷である。小さな窓があるだけなので晴天でも短時間しか陽が射さない。その窓に今は光があふれていた。半刻もすれば昼九つの鐘が聞こえてくるはずだ。

「起きてってば。お店へ行かなくちゃならないんだから。その前に話があるの」

「うぅーイテテ、話なら、帰ってからにしてくれ」

尚武は身を起こそうとして顔をしかめ、拳でこめかみを叩いた。

「だめだめ。それじゃ間に合わないの」

「わかった。わかったが……頼む、あと少しだけ」

背中を向けて体を丸めた尚武を、舞はなおもゆり起こそうとする。

「だったら、言いなさい。昨晩はどこで、だれと、呑んだのか」

「うう。荷を、運んだ帰りに、屋台の蕎麦屋で、六郎兵衛と……」

六郎兵衛は浪人で、おなじく荷揚げの仕事をしている。昨夜は共に呑み、深酔いした尚武に肩を貸して、家のそばまで送りとどけてくれたという。

「ほんと？　でたらめじゃないでしょうね。ならその六郎兵衛とかいうお人は、なぜ挨拶もせずに帰っちゃったの？」

「気弱なやつでの、叱られるのが怖かったんだろう」

「フン。なんとでも言えるわ。だれも見てないんだから」

「うるさいッ。おれは頭が痛いんだ。朝っぱらからごちゃごちゃ言うな」

「朝はとうに過ぎてますよ。あたしだってね、寝ないで待ってたんだから。相談したいことがあって……」

「やめてくれ。頭がまわらん」

身もふたもない言い方に舞はカッとなった。

「なによ、その言い草はッ。おつやさんの相談事にはホイホイ出かけてゆくくせに、女房の相談には耳も貸せないっていうの」

「待て待て、おれはなにも……」

「みんなしておつやさんおつやさん……いったいあの女のどこがいいのよ」

「おつや？　おつや……お、そうだッ」

尚武はがばっと身を起こした。

「おつやさんに頼まれてたんだ。まずい。間に合わんぞ」

舞を押しのけ、枕元に置いていた刀をむんずとつかむ。あっけにとられている舞を残して、階段を駆(か)け下りてしまった。

「どこ行くの？　ねえ、待ってッ。ちょっと、じゃましないでよッ」

最後のひと言は尚武にではなく、納戸部屋からひょっこりと現れた丈吉に言ったものだ。納戸部屋にはお栄がいるはずだ。昨晩も明け方まで絵を描いていたようだから、まだ寝ているにちがいない。

「じゃまなんかしてねえよ。母(かあ)ちゃんがいきなり出てきたんだろ」

「いいからどきなさい。子供が枕絵なんか見るのは……あ、そうだ。いいことを思いついた。おまえに頼みがあるんだけど」

「なんだよぉ。じゃま者にしたくせに、今度は頼み事かよ」

丈吉がすかさず掌(てのひら)を出したので、舞は巾着(きんちゃく)ごと置いてやる。

「あとを尾(つ)けるって……父ちゃんを？　どうして？」

「わけはいいから。見つからないように尾けるの。できる？　どこで、だれと、なにをしてるか、わかったらすぐに知らせて。おっ母さんの店、知ってるでしょ」

丈吉はうなずく。が、まだけげんな顔だ。

「婆ちゃんはどうするんだ？」

老婆とお狐様を道端へ座らせて道行く人々相手に護符(ごふ)や団扇を商(あきな)うのは、丈吉の日課になっている。もっとも遊びたい盛りの子供がじっと座ってその役目を果たしていると思うほど、舞はお人よしではない。どのみちそのへんで遊びまわっているはずだ。

「お父っつぁんもおっ母さんもいるんだから、心配はいらないわ」

「わかった。やってやらあ」

丈吉は巾着をふところへおさめた。

「急いで。いいわね。気づかれないよう、用心するのよ」

「合点承知(がってんしょうち)ッ」

階段を駆け下りる丈吉の背中を見送って、舞は納戸部屋を覗いた。尚武に腹が立っているので、どうにも落ち着かない。

「お栄さん、聞いてよ。ウチの亭主ときたらサ……」

お栄はやはり眠りこけていた。

「まったく、男ってのは、どうしてああなんだろ。女房は居て当たり前……いっしょになるまではちやほやしてたくせに。いいわ、そっちがそっちなら、こっちにだって覚悟がありますからね。ねえねえ、お栄さん、聞いたら腰抜かすわよ。椿屋のご贔屓(ひいき)でサ、あたしの踊りを見たいって人がいるのよ。それもすごいお大尽。もっといい仕事を紹介してやる、なんてね。フフフ、もちろんよ、見せてやろうじゃないの。見初(みそ)められて売れっ妓(こ)になったらサ、きっとみんな、羨ましがる。おつやさんなんか相手じゃないわ」

お栄はむにゃむにゃと寝言を言った。地震で家がつぶれても、先日のようにまた火の手が上がったとしても、起きはしないだろう。腹がへるまでは。

階下へ下りて行くと、台所でえつと老婆が麦湯を飲んでいた。

「ウチの人は?」

「婿殿なら、あわてて出かけて行きましたよ」

丈吉もあとを追いかけるように飛びだして行ったという。

「あたしも行かなくちゃ」

踊りを所望された話をしようかと思ったが、やめておくことにした。この二人が関心を示すとは思えない。案の定、えつは舞の顔を見て大仰にため息をついた。

「小松屋のいくよ餅とは言わないまでも、団子のひとつもあったらねえ」

「待ってなさい。おっ母さんもお婆ちゃんも。あたしがいまに、贅沢三昧させてあげるからね」

舞はご祝儀のために踊る気になっていた。

四

着たことはむろん見たこともないような上布だった。嫁ぐ前は小町娘で通っていた舞である。白地に花模様の小千谷縮に黒繻子の帯をきりりと締めて、結いたての島田に鼈甲の櫛簪を挿せば、うっとりするような女ぶりである。

「ほう。やはり思ったとおりだ。中居では宝の持ち腐れ。あんたならすぐにも贔屓がついて、左団扇で暮らせますよ」

洲崎の旦那は踊りを見る前から、舞にすっかり惚れ込んでしまったようだった。この日の宴席には商い仲間の他、身分の高そうな武士も招かれていて、昨日とはうってかわって和やかな雰囲気である。

舞はうながされるままに一人一人挨拶をしてまわった。「ごひいきに」というのもおかしいので、しとやかに頭を下げただけだが、酌をせよと盃を突き出す者もいれば、好色な目でじろじろ眺める者もいる。

こんなところを見たら尚武はなんというか。ちらりと思ったものの、そのたびにおつやの顔が目に浮かんで、むしろ闘志がわいてきた。

あたしだって、捨てたもんじゃないんだから——。

背筋をしゃんと伸ばし、首をなまめかしくかたむけて嫣然と微笑んで見せる。

「では、早速……」

洲崎の旦那の合図で、三味線や鼓を抱えた囃子方が入ってきた。

人前で踊るのは久々だ。踊れる幸せに、舞の胸は高鳴っている。

ところが、膝元の畳へ扇を置いて一礼したときだった。ドタバタと駆けてくる足音が聞こえた。

「母ちゃんッ。母ちゃんはいるかッ」

丈吉である。粗末な布子姿。しかも砂埃で汚れた素足。どこからどう見ても貧しい長屋の小僧っ子だ。後ろからは女将が「お待ちッ。だめだと言っただろ。お待ちってばッ」と血相を変えて追いかけてくる。

舞は凍りついた。その場をとりつくろう言葉を発しようとしたものの、時すでに遅し。「母ちやん」のひと言が与えた衝撃は大きかったようで、宴席は水を打ったように静まりかえっている。

丈吉は迷わず舞に跳びついた。

「母ちゃん。おいら、言われたとおりに……」

「馬鹿ッ。なんでこんなとこへ来るのよ」

「母ちゃんが知らせろって言ったじゃないか」

「お黙りッ。ああ、もう、どうしたら……こっちへいらっしゃいッ」

舞は丈吉の腕を引っぱって逃げるように廊下へ出た。ひきとめようとした女将の腕を押しのける。弁明をする余裕などなかった。白けきったその場の雰囲気からして、自分が奈落の底へ真っ逆さまに突き落とされ、一世一代のお披露目が台無しになったことはまちがいない。

舞は丈吉をにらみつけた。

「なにもお座敷へ来なくたって……」

言いかけて言葉を呑み込む。丈吉を責められようか。丈吉は頼まれたことをしただけなのだから。

「で、知らせって、なんなの?」

なんとか平静を保とうと胸を鎮めた。

「父ちゃんは、おつや姉ちゃんに、会ってた」

「やっぱりね。どこで会ってたの?」

「御船蔵（おふなぐら）の先の、でっかい木があるとこ」

怪しげな場所ではなく白日の下だと聞いて、舞は少し安堵した。

「なんの話かわかった？　そうね、聞こえっこないわね。じゃ、どんな様子だった？　つまりその……」

親密だったかどうか知りたいが、子供になんと訊けばよいのか。言葉を探していると、丈吉が言った。

「父ちゃんに、紙を渡してた」

「紙？　付文ってこと？」

ということは恋文か。逢引の場所でも書いてあるのではないかと舞は色めきたつ。

「それから、どうしたの？」

「父ちゃんはいつもんとこ行って、荷を運んでた」

「それだけ？」

「ウン」

もちろん付文をうけとっただけでも見過ごしにはできないが、とはいえ一刻を争うほどの緊急事態ではない。ましてや女将の制止をふりきって座敷へ乱入するほどの……。

舞はやれやれとため息をついた。

「ありがと。じゃ、もういいから、帰ってなさい」

今さら踊りの披露はできないとしても、女将に謝らなければならない。背を向けようとすると、丈吉が声を荒らげた。

「まだ、終わってないよッ」

「でも今、荷揚げの仕事をしてるって……」

「父ちゃんはそうだけど、他のやつのこと。帰ったら、だれもいなかった」

「だれもって……お父っつぁんもおっ母さんも?」

「ウン」

「お婆ちゃんは?」

「いない」

「お栄さんはいたでしょ?」

「もぬけの殻」

舞は首をかしげた。独りで歩けないわけではないが、一九は中風病である。えつは出不精でめったに出かけないし、老婆はといえば置物とおなじで、だれかにうながされなければひとところにじっと座っているだけだ。お栄ならどこへ出かけてもふしぎはないが、自分の絵以外にはいっさい関心を示さない奇人である。絵に熱中している今、この四人がそろってどこかへ出かけるとは思えない。

「変ねえ……だれもいないなんて……」

近所を探してもいないし、待っていても帰らない。どうしたものかと不安になって、丈吉は飛んできたという。

「それを先に言いなさい」

「へん。叱りつけたくせに」

「とにかく帰りを待つしかないわね」

「神隠しってやつかな」

「四人もいっぺんに？　まさか……」

「だけど、お狐様がころがってた」

「なんですってッ」

舞はぎょっとした。

「こうしちゃいられない。丈吉、帰るわよッ」

着物の裾をたくし上げて、もう駆けだしている。


長屋へ帰ると人がいた。それも三人。といっても、本来いるべき一九やえつのかわりに――。

「いえね、さっきまでウチへお連れしてたんですよ。お独りにしておくわけにはいきませんからね、ホホホホホ」

老婆のかたわらにいたのはえつではなく、隣家のおうすだった。人の気配を聞きつけて、台所のほうから亭主の亀吉もやって来る。

「水をちょいと飲ませてもらったとこで……」

愛想のいい夫婦はこの日も上機嫌だった。いつもにこにこしている老婆がひとつ覚えのお題目も忘れたか、呆けたようにぺたんと座しているので、なおのこと二人がはしゃいでいるように見える。

「おっ母さんに頼まれたんですか、お婆ちゃんを見ててくれと」

「えええええ、なんだかあわててるみたいで……ちょいと出てくるからって」

「へい、さようで。一九先生のお姿が見えなかったんで、おもてで待っているのかと。ご夫婦でお出かけになるんだろうとあっしらは……」

えつは老婆を隣家の夫婦に託した。ということは、そのときお栄はもういなかったのだ。それにしても、一九とえつがいっしょに出かけるなどめったに――ここ何年来――なかったことである。しかもそんなにあわてて、いったい二人はどこへ行ったのか。

亀吉とおうすが隣家へ帰っても、老婆はまだ放心しているようだった。

「お婆ちゃん。どうしたの?」

返事のないのがもどかしい。舞は老婆を二階へ連れていって床をとってやった。

おっ母さんたら人騒がせなんだから。行先くらい言ってけばいいのに――。

みんな自分のことばかり……。今にはじまったことではないが、シワ寄せは決まって舞にまわってくる。苛立ち、気を揉み、なにも手につかないまま一日が過ぎた。

一九とえつが帰ってきたのは、舞が気をとりなおし――というより空腹に耐えかねて――夕餉の仕度をはじめようとしたときだった。

「お父っつぁんッ、どこへ行ってたのよ。お酒はだめだと言ったでしょ」

「このくらいなら、ウィッ、呑んだうちには、はいらん」

「ぶりかえしたらどうするの。あらら、おっ母さんまで……そばについてたんならどうしてこんなことに……」

「あたしゃ、呑んでませんよ。ヒック」

神隠しではなく、二人はどこかで酒を呑んでいたらしい。

「どういうことか、話してちょうだいッ」

「なあに。すぐそこでちょいと。ホホイのホイ」

「ほんのぽっちりですよ。勧め上手だから、つい……」

「おまえが強引に押しかけたんじゃないか。おかげで、水入らずが水の泡だ。おっと、アワワワ……」

「あたしはね、おまえさんがどこかで倒れでもしておつやさんに迷惑をかけちゃいけないと、気をまわしたんですよ」

「おつやさんッ」

舞は叫んだ。いったいどこまで、おつやはつきまとうのか。

えつの説明はこうだった。おつやが訪ねて来て、戯作について聞かせてくれとかなんとか一九を誘いだそうとしたらしい。二人が出て行くのを見たえつも、あわててあとを追いかけた。おつやはえつに気づき、はじめから承知していたような顔で「どうぞごいっしょに」と誘いかけた。

一行は差配の家へ行き、差配も加えて四人で談笑、勧められるままに酒も呑んだという。

「なによ、それ……」

舞はあきれ果てて怒る気力も失せていた。

「おっ母さんは、お父っつぁんがおつやさんと出て行くのを見て心配になり、それであとを追いかけたってことね。なにサ。女房妬くほど亭主モテもせずって言ったのは、だれでしたっけ」

五

なにも言わずに飛びだしてしまった。女将も洲崎の旦那もさぞ腹を立てているはずだ。中居の仕事もこれでおしまいか……。

太平楽に鼾をかいている一九、とろんとした目で息もつかずにしゃべりまくるえつ、まだ気分がすぐれないのか、ぼんやりしている老婆……三人のあいだを行ったり来たりして介抱しながら、舞はわが身の不運を呪った。

それはそれとして、他にも看過できないことがある。尚武とおつやだ。

付文にはなにが書かれていたのか。二人はなにをこそこそ話していたのだろう。今度こそはっきりさせてやらなければと、舞はまなじりを決した。

手ぐすねをひいて尚武の帰りを待つ。

尚武が帰ったのは夜更けで、しかも見知らぬ男を伴っていた。

「さあ、上がれ上がれ、舞ーッ。お客人だ。空きっ腹ゆえ飯を頼む」

「おう、こちらが自慢の女房殿か。今宵はひとつ、お、お頼み申す、フワックション」

尚武の仕事仲間だというその男は、名を末松(すえまつ)六郎兵衛といって、昨夜、尚武をここまで送りとどけてくれた人物だという。今日も二人は仕事帰りに屋台で一杯ひっかけてきたらしい。

尚武は六郎兵衛を気弱な男だと言ったが、そんなふうには見えなかった。なぜなら、遠慮するふうもなくずかずかと上がり込んで、酔眼で家内を見まわしている。

「お化けが出ると聞いておったゆえ、いっぺん、見せてもらおうと思ってのう」

「カタカタと妙な物音がしたり、雨でもないのにピチャピチャと水音がしたり……そんなことはしょっちゅうですけど、そういえば、ここんとこお化けは見ていませんねえ」

「そいつは残念」

「いや、そろそろ出るころやもしれんぞ。そうだ。遠慮はいらん。見たいなら出るまで泊まってゆけ」

尚武がこともなげに言うので、舞は眉をひそめた。六郎兵衛が尚武のそばにくっついていたら、尚武におつやの件を問いただせない。それでなくても今の一家に食わせなければならない口がひとつ増えては、死活問題にもなりかねない。

とはいえ、迷惑顔はできなかった。舞はやむなく二人を台所へ連れて行き、冷や飯に湯をかけて食べさせてやった。

「今日はことのほか忙しゅうての、飯を食いっぱぐれた」

「この湯漬けは絶品だのう。船宿の飯よりよほど美味(うま)いわ」

無精ひげの生えた顔をほころばせて飯をかきこむ六郎兵衛は、臭気ただようみすぼらしい風体ながらも愛嬌があって憎めない。聞けば、昨夜につづいてこの夜も、いつもの荷揚げを終えたあと船荷を別の場所へ運び込む仕事を頼まれたそうで、あいにく閉店寸前の屋台でも食い物がなくなっていたという。

「昨晩はついつい呑みすぎ……」

「さようさよう。またもや酔いつぶれては恋女房殿に叱られる、びくついておるゆえ今夜はこちらへおじゃましたという次第……」

二人は冷や飯ばかりかまた酒を呑んで、よほど疲れていたのだろう、いくらもしないうちにその場で眠りこけてしまった。これでは話どころではなかった。舞は苛立つ胸を鎮めながら、夜着をとってきて二人にかけてやる。

尚武に顔を近づけたところで、舞は鼻をひくつかせた。ずいぶん呑んでいるように見えたのに、酒の臭いがしない。

尚武は大酒呑みだが、輪をかけて大酒呑みの一九といるときは呑むふりをして素面（しらふ）でいることもままあった。とりわけ一九の病が進んでからは、一九を気遣うあまり呑んでも楽しめないようで、酔ったふりをしてごまかすことがよくある。

一九のためでないとすれば、今、尚武が酔ったふりをしているのはなんのためだろう。もしや、女房にあれこれ問い詰められたくないからではないか。

「おまえさんッ。おまえさんってば」

六郎兵衛を起こさぬよう、尚武の耳元へ口をつけて呼びかける。小さいながらも尖った声だ。答えがないのでいっそう腹が立ってきた。

女房と話したくないのは、なにか疚しいことがある証拠だ。そう、二人きりになりたくないから六郎兵衛を連れてきたのではないか。となれば、やはりおつやと……。

「おまえさんッ。酔ったふりなんかしたって、こっちはお見通しですからねッ。眠ってなんかいないのは百も承知なんだから。起きて。でなきゃ、大声を出してやるッ」

尚武は目を開けて、まぶたを瞬いた。

「ほら、寝てなんかいないくせに」

「待てッ。これにはわけが……」

「言い訳はやめてッ。いったい、おつやさんとは……」

「おつや？　なんのことだ？　待て待て。ここではまずい」

六郎兵衛は鼾をかいている。こちらも狸寝入りか。

「だったら二階へ行きましょ」

二人は階段を上がり、夫婦がつかっている小座敷へ入った。丈吉は一九の怒声や馬鹿騒ぎに慣れっこになっているので、いったん眠ったら矢でも鉄砲でも目を覚まさない。聞かれる心配はなかった。

それでも用心して、夫婦は隣家とのあいだを隔てる板壁に身を寄せてにらみ合う。

「どういうことなの？」

「なんの話だ？」

「酔ってもいないのに酔ったふりをして、得体の知れない客を連れ帰った。あいつだって素面なんでしょ？　二人して、なにを企(たくら)んでるのよ」

「企んでなどおらぬわ」言ったものの、尚武はしばし逡巡(しゅんじゅん)した上で意を決したように太い息を吐いた。「だれにも言うなよ」

舞はいぶかしげな顔でうなずく。

「実は明朝、大捕り物がある」

「おおとり……なんですってッ」

「しッ。大声を出すな」

尚武は舞の腕をつかんで、壁際へぴたりと押しつけた。

「稲富屋(いなとみや)は密貿易をしている。そのことが判明したため、あいつを連れてきた」

「ちょ、ちょ、ちょっと待ってよ。密貿易って、なにそれ？　どういうことなの？　あの下で寝てる男はいったい何者なのよ」

「あやつは奉行所の同心だ」

六郎兵衛が幽霊だと言われても、舞はこれほど驚かなかったにちがいない。

「嘘でしょッ。あのご仁(じん)はどこからどう見たって……」

「だれもが騙(だま)される。そこがミソだ」

同心の中には隠密廻(おんみつまわ)りという役があって、この役につく者たちはとりわけ熟練の技をもっている。探索のためならなんにでも化ける。

「そう言われてもねえ……信じがたいことだけど……ま、いいわ。それで浪人ってことにして入り込んで、密売の証を見つけようとしてたのね。そこまではわかった」

船の積み荷に紛れ込ませていた密売品とは火縄銃の火薬に必須の硝石で、何回かに分けてうけとり、一定量になったところで運びだすことになっていたようだ。もちろん荷揚げ人は中身を知らない。昨日、数人が箱荷を運びだすよう指示された。どこへ運ぶかも、当然ながら事前には知らされていなかった。

「洲崎ッ」

「蔵はない。川縁の廃屋さながらの稲荷社だ。そこへ隠しておいて、明朝、買い手にひきわたす手はずができているらしい。買い手とは、おそらく大名家から遣わされただれかだろう。となれば、あとを尾けて、屋敷へ入る前に捕らえねばならん」

稲富屋を捕らえるだけなら容易だが、買い手の正体まで暴くには売買が行われてからでなければならない。昨晩で場所はわかったが、いつ売買があるかはわからなかった。今晩荷を運び終えたことから、明朝、おそらく未明には売り渡されると予想がついた。なぜなら、廃屋とはいえ、いつまでも密売品を稲荷社に隠しておくわけにはいかないからだ。

「だったら、なぜこんなとこで油を売ってるのよ。捕り方を連れて、早く行かないと」

「むろんそのつもりだ」

わざわざ一杯ひっかけて二人でここへ来たのは、稲富屋のだれかにあとを尾けられている場合を考えての用心だった。その足で奉行所へ駆け込めば、稲富屋は先手を打って売買を中止するかもしれない。

「なら、どうするつもり?」

「知らせはもうとどいている。今ごろは手はずをととのえているころだろう」

なんと、屋台の親爺は六郎兵衛の手下で、何日も前からおなじ場所で商いをしていたという。かねてからの打ち合わせどおり、今は捕り方を招集しているはずである。

「さすがにお上の捕り物だけあって用意周到だわねえ」

舞は感心しきりだった。何日も前から六郎兵衛を潜入させていたくらいだから、稲富屋は前々からお上に目をつけられていたにちがいない。

「六郎兵衛から探索に力を貸してほしいと頼まれたときは正直悩んだが……」

それはそうだろう。尚武に稲富屋の仕事を斡旋したのはおつやである。おつやは密売の一件をどこまで知っているのか。もしや、一枚噛んでいることもありうる。おつやは白か黒か、訊きたい気持ちを舞は抑えた。今はおつやの話をしないほうがいい。どのみち大捕り物が終われば、なにもかもがはっきりするのだから。

「お上のお手先をつとめるなんて見上げたものだわ。しっかりお勤めを果たしてちょうだい」

舞はドンと尚武の背中を叩いた。尚武は大事にかかわる秘密を自分に打ち明けてくれた。それだけで数日来の鬱々とした気分が晴れている。

しっかりお勤めを——と尚武を激励した舞だったが、期待どおりにはいかなかった。夫婦が二階で話をしたそのあと、ふしぎなことが起こったのである。

「妙だな、開かんぞ」

「うむ。まるで岩戸のようだ」

いよいよその時が来た。大捕り物に出かけようとした六郎兵衛と尚武は、入り口の引き戸を開けようとして顔を見合わせた。

心張棒は内側からかけている。もちろんはずしたので開いて当然……ところがびくともしない。

「体当たりすれば吹っ飛ぶやもしれん」

「よし。おれがやる。行くぞッ」

「やめてッ。壊さないでッ。借家なんだから」

舞は悲鳴をあげた。戸を壊したらどうなるか。差配に大目玉を食らう。修理代は痛い出費だ。それだけではない。わるくすれば追い出されることだって……。

「しかしぐずぐずしてはおれんぞ」

「他にどこか……」

「二階の窓は……小さくて無理ね。そうよ、裏から出ればいいわ」

よしっと二人は勝手口へ突進する。が、勝手口の戸も閉じたまま微動だにしない。

「どういうことだ。なぜ戸が開かん」

「やはり見張りがおったのだろう。おれたちが出られぬよう戸を打ち付けたのだ」

「でなければ、お化けの仕業かも……」

ほら見て……と、舞は壁際に置かれた行灯を指さした。灯がゆれている。家がカタカタ鳴って、戸が閉まっているのに生暖かい風が頬をなでるのを感じた。

「あ、あそこ」

行灯の火が消えて真っ暗になったとたん、天井の隅にぽっと小さな火の玉が浮かんだ。すぐに消え、また別の隅にぽっ……そうしているあいだも家鳴りはつづいている。しかも風に乗って、吐き気を催すような生臭いにおいが流れてきた。

三人は怯えた顔を見合わせる。

「ぶるる、気味がわるいのう」

「なんだ。おぬしはお化けが見たいと言っておったではないか」

「それは、一つ目小僧かろくろ首のことだ」

「シッ。なにか聞こえる。裏庭だわ」

「猫の声か」

「化け猫じゃ、ないでしょうね」

ミヤアでもニャアでもない、耳障りな声だった。地獄の底で猫が八つ裂きにされてでもいるような……。三人はしばらく逡巡していたが、いつまでもじっとしてはいられないことも承知していた。捕り方の面々を率いて洲崎へ乗り込まなければならない。

「やむをえぬ。勝手口の戸を壊そう」

「よし。おれも手伝うぞ」

今度は舞も止めなかった。勝手口の戸なら、おもての戸に比べれば、多少なりと被害も少なくてすみそうだ。どのみち悪臭がもう耐えがたくなっている。二階はどうか知らないが、階下で寝ている一九とえつがよくも目を覚まさないものである。

六郎兵衛と尚武は「せーの」と目を合わせ、渾身の力をこめて戸に体当たりをした。

戸がバリバリと音をたてて壊れる。そのままいっしょにうつぶせに倒れ込んだ二人は、顔を上げるやウワッと叫んだ。その声を待たずに舞も悲鳴をあげている。

庭木の梢にふたつみっつと火の玉が浮かんでいた。あえかな光に照らされて、木立の下の薄暗がりにぼんやりと白いかたまりが見える。帷子を着た女のようだが、よくよく見ればそれは後ろ姿で、白いしっぽと頭には三角の耳があった。もしや化け猫……と身をすくませたそのとき、得体の知れぬ生き物が振り向いた。

目も鼻も口もない、のっぺらぼうの白い顔――。

驚愕と恐怖が心の臓をわしづかみにして、三人は同時に絶叫した。

六

「あれは、なんだったのかしら」

煮炊きの手を休めて、舞は何度となく口をついて出た疑問をまたもや口にした。家に閉じ込められ、火の玉、悪臭、化け猫のっぺらぼうといった怪異現象に見舞われたのもさることながら、一九とえつが差配の家に上がり込んで酒盛りをしたことや、老婆がいつになく憂鬱な顔をしていたことなど、昨日は妙なことばかりだった。

「だからね、近所の小僧っ子のいたずらじゃないかえ」

えつの答えは毎度おなじだ。

「おっ母さんは見てないからそんなことが言えるのよ。あれはね、子供のいたずらなんかじゃないわ。あんなこと、絶対にできっこないもの」

「だったら、あとを尾けてきた者の仕業だよ」

「戸を打ち付けるくらいなら……けど、お化けなんて、とっさに思いつくものですか。となれば、あれはやっぱり本物の……」

「お化けがそんなに上手いこと出るもんかえ。ここぞというときにかぎって出るなんて、抜け目がなさすぎますよ」

えつが言うのももっともだった。前回は千両箱騒ぎの最中に出た。今回は大捕り物の夜である。といっても、昨夜、大捕り物はなかった。つまり、しくじった。六郎兵衛と尚武が捕り方と共に洲崎の稲荷社へ駆けつけたときは、稲富屋の荷物はひとつ残らず消え失せていたという。面妖なことに稲富屋も船もろともどこかへ行ってしまったそうで、荷揚げ人の宿も空っぽ、六郎兵衛と尚武は悄然として帰ってきた。

尚武はともあれ、六郎兵衛の落胆は尚武の比ではない。長い時をかけて探索し、ぎりぎりのところまで追いつめて、いざ捕り物、という段で逃げられてしまったのだから無理もない。

二人はおつやに稲富屋の消息をたずねた。尚武を紹介したくらいだからなにか知っているはずだと期待したのだが――。

「さあ、詳しいことは存じあげないんですよ。洲崎の旦那のおひきあわせで何度かお会いして、人手がほしいと頼まれただけで……」

洲崎の旦那とは、舞に踊りを所望したあの男だ。が、六郎兵衛の話では、旦那からも稲富屋の素性については聞けなかったという。

「おつやさんが言ってたけど、椿屋さんはあんたに、また来てほしいと言ってるそうじゃないか。どうするつもりだい」

そう。おつやは伝言をとどけてきた。あんな醜態(しゅうたい)をさらしたのに、仕事をつづけさせてくれるという椿屋の女将の申し出はありがたいが、舞は中居をつづける気はなかった。たとえ稼ぎが倍になっても、芸妓になるつもりもない。

「そろそろまた、お稽古をはじめようかと……」

今度のことで、踊りで身を立てたいという気持ちがむくむくと湧いてきた。ただし宴席の余興として披露するのではない。踊りの技を究(きわ)めたい。ささやかな技であっても、それをだれかに伝授したい。

状況はなにひとつ変わっていなかった。以前のように弟子が集まるのは当分先かもしれないが、もし一人でも習いたいという者がいるなら教えたい。

「おっ母さん。やっぱりあたしは踊りの師匠が性に合っていると思うの。看板を掲げて、細々とでもやってゆこうかと……」

えつはなにも言わなかった。ため息をついたのは、尚武も荷揚げの仕事を失った今、家族が食べてゆくにはどうしたらよいか頭を悩ませているのだろう。

「大丈夫。これまでだってなんとかやってきたんだから、これからだってなんとかなるわ。なんとかしてみせる。まかせといて」

頼もしい娘の言葉に、えつもようやくうなずく。

「なら仕度をしなきゃね。稽古場はどっちにするんだい。二階かい、下かい。差配に頼んで、店子衆にも声をかけてもらおうよ」

「テテトンシャン、テントンシャン、秋の夕陽のぉ、茜のぉ山にぃ、ハイ、テントンテントンで下がってトン、ほら手を忘れてる、そう、甲を反ってしなやかに、だめだめだめ、もういっぺん……」

舞は口三味線で弟子に稽古をつけていた。奇特な弟子は、店子ではなく差配が懇意にしている商人の倅の八助で、踊りでも習わせれば道楽も多少はおさまるかと親がよこした。踊りの「お」の字から教えるのは骨が折れる。

それでも、二階の座敷で、小窓から入る午後の陽射しを浴びながら踊りを教える舞の顔は輝いていた。これには理由がある。

稽古を再開するにあたって小座敷を片づけ、せめて畳くらいは新しく……と畳屋を呼んできたときだ。持ち上げた畳の下から紙束が出てきた。

おつやの付文か。

胸をざわめかせながら文に目を通した。そして、唖然とした。

おつやが、逢いたい話したい知らせが欲しいと切々と訴えている相手は、尚武ではなかった。

「まさか……いくらなんでも……」

「さ、今日はここまでにしましょ。家でもきちんとおさらいをしてくださいよ」

「へい」と八助は両手をついて挨拶をした。団栗のような目で舞を見つめる。

「ええと、ちょいとおうかがいを……。手前は、いつごろ、名取にしていただけるんでござんしょう？」

舞は一瞬、返す言葉を失った。

「十年早いッ」

思わず扇で畳を叩いて叱りつけている。

八助を送りだしてから一九の部屋を覗くと、ちょうどえつが出てくるところだった。こめかみに青筋をたてている。

「おっ母さん、なに怒ってるの？」

「なにサ。そんなにおつやさんがよけりゃ、くっつけばいいじゃないか」

差配の家へ誘われたあのとき以来、一九はすっかりおつやのとりこになってしまったようだ。

舞は忍び笑いをもらした。

「心配は無用よ、おっ母さん。おつやさんが惚れてるのはね、お父っつぁんでもウチの人でもないんだから」

「おや、じゃ、だれだい」

「お栄さんのお父っつぁん、北斎先生」

えつが口を開けたまま目を瞬いたそのとき、入り口でにぎやかな声がした。華やいだ気配は、娘が三人、揉み合っているようで……。

一人が恥ずかしそうに進み出た。

「あのう、看板を拝見して……あたしたち、踊りを習いたくて……」

舞とえつは顔を見合わせた。

「それは、むろん、よろしいですとも。ねえ、おっ母さんッ」

「はいはい。ささ、どうぞどうぞ、お上がりください。今、お茶を……」

長屋が一気に明るくなる。

大火事から三月(みつき)、季節は夏から秋へ移ろうとしていた。

知らぬが仏

一

本所深川はいたるところに川や掘割がある。

中ノ橋に上ノ橋、お次は万年橋。

「ねえ、よく両国橋を行ったり来たり、してたわね」

舞は涼風を吸い込んで、かすかな潮の香を嗅ぎわけようとした。万年橋は小名木川に架けられた橋で、大川へ流れ込む河口の手前にある。大川は海へつづいている。

一方の両国橋は大川に架けられた橋で、けた違いに長く、幅も広い。往来はひっきりなしで、両岸のたもとの広小路には葦簀掛けの見世がひしめいていた。

「つい昨日のことみたいね。広小路はいつもにぎわってて屋台やら見世物小屋やら……みんな、無事に逃げのびたかしら。日野屋の勘助さんや、大和屋のおかねさんや、与兵衛すしの与兵衛さんも……」

舞は娘時代、日本橋通油町にあった家から、両国橋を渡って踊りの稽古に通っていた。自宅で弟子をとるようになってからも、なんだかんだと橋を渡った。大火事で日本橋界隈が焼け野原になってしまい、本所深川で暮らすようになるまでは。

「もう新しい見世が出てるそうだから、一度、見てこなくちゃね。ね、お栄さん、行ってみようよ」

「フン」

「それに朝日稲荷、ちゃんと元どおりになればいいけど」

「うるさいなあ、ぺちゃくちゃぺちゃくちゃ」

「うるさいとはなによッ」

舞とお栄は本所亀沢町にある北斎の仕事場へ行くところだった。葛飾北斎はお栄の父親で、著名な絵師である。といっても、頑固で偏屈、世の人々を仰天させる奇行癖がある上に引っ越し魔でもある老人が、そこにいるとはかぎらない。

いいわ、居所さえわかれば――。

お栄には、北斎からゆずりうけた借家にいつまでいられるか、今後の相談をするためだと言ってある。が、もうひとつ、別の用事があった。おつやの恋文を手渡すことだ。

おつやとは舞の一家が仮寓している佐賀町の長屋の大家……の代理だそうで、まさに小股の切れ上がった、妙齢の美女である。舞の亭主の今井尚武がおつやから文をうけとっていたと聞いたときは、さては浮気かと顔色を変えたものだが、文が北斎宛だと知って安堵の胸をなでおろした。

それにしても、よれよれの藍染め木綿の着流しに麻裏草履をつっかけて、白髪はぼさぼさ、しみだらけの顔はいつ洗ったものやら、挨拶をされてもにこりともせずに口中でわけのわからないことをぶつぶつつぶやいている老人の、いったいどこに惚れたのか。深川には七不思議という言い伝えがあるそうだが、これこそ奇々怪々である。

六間堀に沿って歩き、松井橋を渡って、さらにもうひとつ、竪川に架けられた二ツ目橋を渡る。一ツ目通りをまっすぐに行けば亀沢町だ。

「北斎先生、いるかしら」

「いるもんか」

「でもだれか、居所を知ってる人がいるはずよ」

かつては父娘がちらかし放題汚し放題で絵を描きまくっていた路地裏の小家も、今では弟子と称する者たちが寄り集まって工房の体をなしていた。お栄はそれがいやで、また舞の家に居候をするようになったのだ。

案の定、狭い家には人があふれていた。皆それぞれ、絵を描いたり筆を洗ったり打ち合わせをしたりと忙しそうだ。北斎の姿は見えない。

「先生ならたぶん堀川の極楽長屋じゃねえかと……」

「おや、また新しいところへ?」

「へい。しばらく四谷のほうへいらしてたんですがね、二、三日前にふらりと戻ってきなすったと思ったら、今度は堀川町へ」

「堀川町なら佐賀町の隣じゃないの。あたしたちが借家に居座ってるんで、別の家を探したのかしら」

出て行ってくれとは言えなかったのだろう。

居所を知っていれば、わざわざここまで来なくてすんだ。近所なのだから。礼を言って帰ろうとすると、弟子の一人がお栄を呼び止めた。

「せっかく帰ってくだすったんだ。お嬢さん、ちょいと見ていっちゃもらえませんかね。どこをなおしゃいいのか、教えてもらいてえんで」

急いで納めなければならない絵があるのに、どうもピタッとこない。こと絵に関してはだれもがお栄の才を認めていた。顔を見れば手ほどきを請いたがる。

お栄にしても引き留められてわるい気はしないのだろう。

「上手いこと言って手伝わせるつもりだろ」

などと言いながらも、いそいそと上がり込んでしまった。

「お栄さん。あたしは堀川町へ寄って帰るからね」

早くも絵筆をつかんでいるお栄の背中に声をかけて、舞は工房をあとにする。

フフフ、北斎先生、恋文を見たらどんな顔をするかしら――。

来た道を引き返しながら、舞は忍び笑いをもらした。

極楽長屋は、名前とは裏腹に、これ以上ないほどみすぼらしい棟割長屋だった。木戸に表札はないが、入って左手の、手前から三軒目の家だと舞は教えられている。

家の前に男が二人、いかにも手持無沙汰といったふうに懐手をして足踏みをしていた。唐桟の着流しは遊び人ふうだが、荒んだ気配は隠しようがない。

片方の男の顔を見て、舞はあっと声をもらした。

舞は先日まで椿屋で中居の仕事をしていた。生計をたてるためにやむなく、おつやに頼み込んで紹介してもらった店である。目の前の男は、「洲崎の旦那」と呼ばれている商人の座敷で密談をしていた男の一人だった。

なにをしてるのかしら――。

およそ銭にはとんちゃくなく、絵のこと以外には関心のない北斎と、いかにも金満家らしい洲崎の旦那とはどう考えても接点が見当たらない。

舞は木戸の背後に身を隠して、しばらく様子を見ることにした。

男たちはかわるがわる中を覗いてはなにか話しかけているようだったが、やがて待ちくたびれたのか、困惑顔でこちらへ歩いてきた。舞はあわてて天水桶の陰へ身をひそめる。男たちが木戸を出てどこかへ去ってゆくのを待って、舞は木戸をくぐった。

溝からただよう腐った臭いと後架から流れてくる汚物の臭いが同時に襲ってきて眩暈がしそうだ。こんな長屋でなくても、北斎ならもっと快適な借家で絵を描けるはずだ。なにを好きこのんで……といぶかりながら家の前まで行く。

北斎もお栄も――ついでに言えば十返舎一九という世に知られた名のある舞の父親もそうだが――絵や戯作に没頭しているときは、地震だろうが火事だろうが気づかない。なにがあろうといきなり声をかけて脅かしてはいけないことも承知していた。

幸い男たちが戸をきちんと閉めなかったので、首を伸ばせば中が見える。

覗いたとたん、舞は目を疑った。

これは、いったい、どういうことか。

書き損じやら食べ残しやら、ひっちらかった板間に這いつくばって、北斎が絵を描いている。鬼気迫る形相だけなら見慣れているから驚くにはあたらない。

一隅に半裸の女がいた。紅の襦袢と腰巻から白い肩と胸、太腿まで大胆にさらけだして、物憂げに虚空を見つめている。

女は――おつやだ。

では、おつやは、尚武に恋文を託したものの、その返事を待つまでもなく自分で北斎を訪ねたのか。絵を描いてくれと頼み込んだのだろう。北斎もそれに応じた。

声をかけるかかけないか、舞は逡巡した。結局、このまま帰ることにした。今さら恋文を渡すこともないと判断したのだ。もうひとつ、借家の話もあるにはあったが、こちらも時を改めることにした。どのみち今はなにを話しかけたところで、右の耳から左の耳へぬけてしまうだけだろう。

なにより目の前の光景には、なにやら頬が熱くなるような、じゃまをしてはいけないような、侵しがたい雰囲気があった。

ぐずぐずしていれば、さっきの二人も戻ってくるかもしれない。

舞はそそくさと長屋をあとにした。

夏はもう過ぎたというのに、うなじにじんわり汗がにじんでいる。

二

「今日はここまでにしましょう。二人とも見違えるように上達しました。おさらいを怠(おこた)らないようにね」

「はい。ありがとうございました」

娘たちは異口同音に礼を述べ、礼儀正しく辞儀をした。師匠らしくうなずいたところで、舞は妹を気遣う姉のような顔になる。

「花江(はなえ)さんは落ち着きましたか。ご家族の皆さんは……」

「まだざわついているようです。お取り調べがつづいているそうですから」

「おっ母(か)さんが寝ついてしまったので、花江さんは大忙しだそうですよ」

娘たちも緊張を解いて口々に答える。

舞はため息をついた。

「当分、踊りのお稽古どころではありませんね。お気の毒に。一日も早く盗賊一味が捕まるといいのだけれど」

　大火事で焼け出されてから四か月近くになる。舞は人が集まらないのを覚悟で先月から踊りの師匠の看板を掲げた。本格的な稽古はまだできないが、それがかえって気楽なのか、しとやかな立ち居振る舞いを身につけるにはもってこいだと思ったのかもしれない、案に相違して佐賀町の裕福な商家の娘たちが三人、踊りを習いたいとやって来た。

　むろん大歓迎だ。稽古は五のつく日と決まり、これまでは順調につづいていたのだが……。

　先日、花江の家に盗賊が押し入った。命を奪われた者こそいなかったが、家中が荒らされ金品が奪われた上に怪我人も出て、巷は大騒ぎになった。なぜなら、このひと月ほどで三度、それも深川のさほど広くもない町々で盗賊騒ぎが起こっていたからだ。そのうち一度はなにも盗らずに逃げたと聞くが、大店に狙いを定め、じっくり仕込みをして用意周到、大がかりな盗みをしてのける……そんな大盗賊とちがって場当たり的な感は否めない。しかも短期間に荒稼ぎをしようというのは、切羽詰まった事情があるとも推測される。

　ともあれ、そうなればどこが狙われてもおかしくないわけで……。このところ、そこそこ内証の豊かな商家は、次は自分の店ではないかとびくついていた。

「落ち着いたころにお見舞いにゆこうと思っていますが、花江さんに会ったら、心配していたと伝えてくださいね」

「はい。伝えます」

「お師匠さま。あたしたちも怖くって、夜、眠れないのですよ、ねえ……」

「ええ。うちじゃ、手代(てだい)に交代で不寝(ねず)の番をさせています。それでも風で戸がガタガタいおうものなら皆、寝床から飛び出して……」

ひとしきり話を聞いてやってから、舞は娘たちと共に階下へ下りた。

そのまま戸口まで出て二人を見送ったとき、家の前の路地で、箱荷を下ろして一服している男が目に入った。着物を裾まくりして脚絆(きゃはん)に草鞋(わらじ)、頭を手拭いで包んだ煙草(たばこ)売りのいでたちをしているが、舞はそれがだれか即座に気づいた。

町方同心の末松六郎兵衛(すえまつろくろべえ)である。

ひと月余り前になるが、六郎兵衛は、尚武が荷揚げを手伝っていた船商人の稲富屋(いなとみや)の密貿易の証拠をつかみ、悪党どもを一網打尽(いちもうだじん)にするため、荷揚げ人夫仲間のふりをして舞の家に泊まり込もうとした。ところがいざ捕り物という段になって、お化け騒ぎが起こり、取り逃がしてしまった。六郎兵衛は意気消沈して帰って行ったものである。

「おや、旦那、お久しぶりですねえ。また捕り物ですか」

舞が声をかけると、六郎兵衛はぎょっとしたように目を泳がせた。人差し指を口の前に立てる。

六郎兵衛は町奉行所の同心の中でも隠密廻(おんみつまわ)りといって、様々な扮装(ふんそう)をして悪党の目をごまかし、悪事を探るのが役目だ。

「あら、いけない」舞はちょろりと舌を出した。「煙草売りのお兄さん、ちょいと寄ってってくださいな」

わざとらしく声を張り上げる。

六郎兵衛は左右と上方にくるりと目玉をまわし、耳を澄ませたのちに舞のところへやって来た。誘われるままに家の中へ入り、框に腰を掛ける。

「フフフ、その恰好……荷揚げ人夫の次は煙草売り、お役人も楽じゃありませんね」

「まあ、いろいろと……」

「で、今度はなんですか」

「聞いているかもしれんが、このところの盗賊騒ぎ……」

「やっぱりね。今もその話をしてたんですよ。踊りを習いに来てる娘さんの家が被害にあったんです」

「そいつは奇遇だ」

「そうなんです。でね、お仲間によれば……」

舞の話に耳をかたむけていた六郎兵衛は、話が途切れたところで考える目になった。

「あれからお化けは出たか」

「そういや、出ていませんね。ありゃ、もうひと月か、早いものだこと」

「実は、尚武どのに頼み事があってきたのだが……」

「お父っつぁんと出かけてます。ご近所のご隠居に招かれて」

酒は呑ませるなとよくよく言い聞かせて送り出したのだが、一九が言うことを聞くかどうか。おつやの激励もあって、一九は近ごろまた戯作に励んでいた。もっとも中風病だから思うようにはいかない。上手く進まないと酒で憂さを晴らそうとする。酒瓶を取り上げてもどこからか調達してくるので、イタチごっこさながら、攻防は果てしない。

「では待たせてもらってもよいかの」

「どうぞどうぞ」

「あ、いや、尚武どのがおらぬのなら、女房どのにお頼みいたそう。しばらく居候させてはもらえぬか」

尚武に頼んだところで、どのみち女房の承諾を得なければならない。入り婿（むこ）の立場にいみじくも六郎兵衛は思いをめぐらせたのだろう。

判断は正しかった。居候が増えれば米も足りなくなるし、それでなくても手狭な家に人があふれれば夫婦仲にも水を差される。居候など断りたいところだ。が、舞にしても、面と向かって頼まれれば嫌とは言いづらい。

「もちろん、ウチの人に相談しないと……でも、反対するとは思えませんし……どうぞ、こんなとこでよかったら、お好きなだけいらしてください」

「おう、恩にきる」

「で、なんてお呼びすればいいんですか。煙草売りの……」

「庄助（しょうすけ）とでも」

「はいはい。承知しました。お断りするわけにゃいかないでしょ。じゃ、庄助さん、上がってくださいな」

舞と尚武の養子の丈吉（じょうきち）は、居候の老婆と河岸へ出かけている。お栄は二階の納戸部屋にこもって絵を描いていた。

「おっ母さんッ。おっ母さんてば、また居眠りしてるんじゃないでしょうね。六……じゃない、庄助さんがしばらく泊まることになったから、ね、ちょっと来てちょうだい」

六郎兵衛を座敷へ上げて、舞は台所へ母のえつを呼びにゆく。

尚武はもちろんだが、舞の家族はこぞって六郎兵衛を歓迎した。厚かましいところはあるものの、役人のくせに威張ることもなく愛嬌があって憎めない。

六郎兵衛は、「ありがたや」と「うかのみたま」以外には言葉を発しない居候の老婆に関心があるようだった。日に何度となくそばへ行って話しかける。老婆も六郎兵衛に話しかけられるのがうれしいようだ。返事がないとわかっているのに、六郎兵衛はなにを話しているのか。

「ねえ、お婆ちゃんに、なんの話ですか」

舞は一度ならずたずねた。が、毎回、はぐらかされた。

「子供のころおれも婆さんに面倒をみてもろうたゆえ、話をすると気が休まるのだ」

「へえ、そんなものですかねえ」

いつもにこにこ顔の老婆が、このひと月ほど、元気がなかった。心配していた矢先だから、歓迎すべきことではある。

六郎兵衛は探索がお役目なので、翌日も翌々日も煙草売りの庄助に扮してどこかへ出かけて行った。家にいるときは裏庭へ出てみたり、二階と階下を行き来したりと忙しない。老婆だけでなく、一九やえつと話し込んでいることも……。

「ねえ、おっ母さん、なにを話してたの？」

「この前、お父さんと差配のとこへ呼ばれたろ。あのときのことを訊かれたから……」

「ふうん。六郎兵衛さまも暇なのねえ。捕り物のほうはどうなってるのかしら」

隣家に新たな居候が加わったことは、二軒長屋の片割れに住む亀吉とおうす夫婦もすぐに気づいたようだ。もとより好奇心旺盛な夫婦である。

「煙草売りだそうですねえ。ご親戚かなにかですか」

竹箒で路地を掃いていると、おうすが探りを入れてきた。

「そこの小菊の鉢、亀吉さんがもってきてくれたんですよ。台所に座り込んで、なにかと思や、今度の居候はどこの生まれか、なぜここにいるのかと根掘り葉掘り……。なんでも昔、知ってたお人によく似てるんだとか」

えつの話に舞は首をかしげた。早速、尚武に知らせる。

「お隣のご夫婦だけど、庄助さんの正体に気づいてるんじゃないかしら。ご近所中に触れまわらなきゃいいけれど」

あれほど愛想のいい夫婦は見たことがない。が、人好きのする夫婦は無類の噂好きでもあった。

「念のために六郎兵衛どのに伝えておくが、お隣なら心配はいらんさ」

二人がそんな話をしてからいくらも経たない、ある日のことだった。

いつものように庄助のいでたちで帰ってきた六郎兵衛は、いつもとはちがう緊迫感をただよわせて、尚武の腕をぐいとつかんだ。

「内密の話がある」

「うむ。なんでも言ってくれ」

「ここではまずい。二階へ行こう」

「よし。舞。だれも近寄らぬよう見張っていてくれ」

近寄るといっても、一九とえつがいるだけだ。二階にはお栄もいるが、これは絵に没頭しているから人の数には入らない。

尚武と六郎兵衛は、いつも尚武と舞が内緒話をするように、壁際に身を寄せて話し込んでいるようだ。舞は階段の下で耳を澄ませる。

内緒話のはずが、思いのほか大きな声だった。「盗賊の正体がわかった」と六郎兵衛は言っていた。次に盗賊に押し入られる店の目星もついているので、今度こそ一網打尽にすべく各所に見張りを配置している……とも。

「これで汚名を返上できる」

「そいつはよかった。おれも気になっていたのだ」

「上手くゆけば、明日明後日にも決着がつくはずだ。が、じゃまが入らんともかぎらぬ。それまでは黙っていてくれ」

しばらくして二人はそろって階段を下りてきた。

「お話はもう終えたんですか」

舞は聞かなかったふりをしてたずねる。

六郎兵衛は愛嬌たっぷりに両手の甲を垂らして見せた。

「壁に耳あり。今夜はお化けが出るやもしれんぞ」

三

お化けは出なかった。

というより、その前にちょっとした騒ぎが起きた。北斎、いや、一九のせいである。

黄昏時(たそがれどき)になって北斎が訪ねて来た。そもそも佐賀町のこの長屋は北斎が借りているもので、大火事で焼け出された一九一家のために大家の許可を得た上で又貸ししてくれている。北斎は、これまでここには一度も姿を見せなかった。

「おやまあ、驚いた」

舞は目を瞬(しばたた)いた。北斎が玄関に突っ立ったまま言いよどんでいるので、強引に家の中へ引き込む。

舞もつい先日、北斎に会いに行った。家を覗きはしたものの、北斎が鬼気迫る顔でおつやの絵を描いていたので、声をかけずに帰ってしまった。北斎から訪ねてくれるとはありがたい。

「いったいどういう風の吹きまわしですか。お栄さんなら二階に……」

「いやいや」

娘に会いに来たわけではないようだ。この父娘は、世間一般の親子とはまるでちがっていた。両人とも絵以外には関心を示さない。胸の内でどう思っているかは知らないが、口汚くののしり合うことはあっても、互いを気遣うそぶりなど見たことがない。

お栄でないとすれば、いったいなんの用があるのか。

「そうだ、あたしも伺っておかなきゃと思ってたんです。この借家のことだけど……」

舞が言いかけたとき、一九が出てきた。玄関脇の小座敷が一九の仕事部屋だから、人が訪ねてくればすぐにわかる。

「おう、だれかと思やあ北斎先生か。くたばっちまったかと思ったぜ」

二人は好敵手、というか、奇人ぶりを競い合う仲である。

「おめえさんこそ、中風はどうだ？」

「とうに治ってら。それよりなんだ、その恰好は。襤褸雑巾(ぼろぞうきん)みてえだぜ」

「お父っつぁんッ。あたしたちがここに住めるのはだれのおかげかわかってるの」

「へん。住んでくれってぇから住んでやってるんだ。こっちこそ、礼を言ってもらいてえな」

「お父っつぁんてばッ」

「言わしておけ。こいつのゴタクにつきあっておるほど、こちとら暇人(ひまじん)ではないわ」

「そうそう、ご用がおありなんでしょ。遠慮なく仰(おっしゃ)ってくださいな」

舞は北斎に水を向ける。

「うむ。ちょいとその、折り入って、頼み事が……」

「はい。なんなりと」

舞は一九を押しのけた。そこへ、えつが白湯を運んできて、丁重に挨拶をする。

「おっ母さんもお父っつぁんもあっちへ行ってて。さ、北斎先生……」

「う、うむ。これを……おつやさんに渡してはもらえんか」

北斎がふところから引き出したのは、筒形に巻き上げた紙だ。

舞はあっと声をもらした。

「もしや、おつやさんの絵……あ、いいえ、先生に絵を描いてもらってると聞いたような気がして……」

「実は取りに来ると約束をしておったのだが、いくら待っても現れん。どうしてもと懇願されて描いてやったものでの、仕上がりを楽しみにしておったんじゃが……」

北斎は急ぎの絵を頼まれたため、急遽、堀川町の借家を引き払った。これから客人の待つ本所亀沢町の工房へ帰るという。絵の題目によってはそのあとまたどこかへ引っ越すかもしれない。

それなら、おつやの絵はここで預かってもらおうと考えたのだった。ここはおつやの——少なくともおつやが管轄を任されている——借家だから、遠からず顔を出すはずである。

「お預かりするくらい、むろん、かまいませんよ」

舞は受け取ろうとした。と、そのとき、一九が背後からさっと取り上げた。

「おつやさんの絵だと？　見せてみろ」

紙を開いたとたん——。

「なんだこりゃッ。てめえ、北斎ッ、おつやさんに、おつやさんにこんな……」

あられもない恰好を……とでも言おうとしたのか、一九は怒りのあまり咳き込んで、肩をあえがせている。破かれては一大事と、舞はすかさず絵をひったくった。

「お父っつぁんがとやこう言うことではないでしょう。おつやさんが頼んで描いてもらったんだから。ねえ、北斎先生……」

「う、うむ……」

「だとしても許せん。いったいいつ、こんなもんを描くほど親しくなったのだ？　許さん。断じて許さんぞ」

一九はわめきながら北斎に突進して、胸倉をつかむ。といっても、北斎は上背も肩幅もあるので、老いたりといえども頑丈である。片や一九は、背丈こそさほど変わらぬものの、病やつれで枯れ木のようだ。

「許さんぞ、今日という今日は目にもの見せてくれるわッ」

「勝手にほざけッ。わからずやの死にぞこないが」

「なんだとぉ、唐変木のスケベ爺め」

「やめてッ。お父っつぁんッ、先生もッ」

血の気の多い二人が取っ組み合うのを、舞はなんとか止めようとした。

「あ、いいとこへ来たッ。お願い、止めてッ」

尚武と六郎兵衛が帰ってきたのは地獄に仏。一九と北斎の喧嘩(けんか)は見飽きるほど見ているが、どちらも老齢になった今、命とりにもなりかねない。

「どうした？」

「わけはいいから、早くッ」

「よしきたッ」

尚武と舞の短いやりとりの間にも、六郎兵衛がひと足先に二人のあいだに割って入る。三人は揉(も)み合ったまま壁にぶちあたった。メリメリと異様な音がする。

「あ、大変ッ」

舞は悲鳴をあげた。

この家は二軒長屋の一軒である。隣には亀吉とおうすの夫婦が住んでいる。両家を隔てるものは薄い板壁が一枚。

その壁が壊れた。三人の男たちが隣家へ倒れ込む。

「ああ、なんてこと……」

舞の頭に真っ先に浮かんだのは、修理にいくらかかるか、という問題だった。が、次の瞬間、一九を抱き起こす尚武の姿が目に入った。

「お父っつぁんッ。北斎先生ッ。お怪我はありませんか」

あわてて駆け寄る。

一九は目をまわしただけのようだ。北斎は頭から突っ込んだのか、額に擦傷(すりきず)ができて血がにじんでいる。舞はあわてて懐紙で額を押さえてやった。

六郎兵衛は……とみると、そこにはいない。代わりに隣家の奥から、興奮して上ずった声が聞こえてきた。

「おーい。こいつを見ろ。思ったとおりだ」

なんのことかと訊き返す前に、六郎兵衛は駆け戻ってきた。作り物の猫の耳としっぽを見せる。

ひと月ほど前、お化け騒ぎの際の化け猫の耳としっぽではないか。この長屋はお化けが出ることで知られていた。舞の家族もすでに何度かお化けを見ている。

「もしや、そいつはあのときの……」

「まちがいない。他にも怪しげなものがあった。お化けも火の玉も異様な物音も、やはりあの夫婦が仕組んだものだ」

「やはり？　おぬしは知っておったのか」

「そんなことではないかと疑っていた。だとしたら辻褄が合う」

壁に耳あり、障子に目あり。亀吉おうす夫婦は、薄い壁越しに聞こえる隣家のやりとりに耳を澄ませていたのだろう。必要が生じると、様々な道具を駆使してお化けが出たように見せかけた。

「信じられないわ。あんなにいい人たちがそんなことをするなんて」

「いや。人は見かけによらぬものだぞ。だいいち、いい人すぎるのが怪しい。あの愛想のよさ、言われてみれば不自然ではないか」

舞と尚武は顔を見合わせる。

「そうねえ、そういえばお婆ちゃんは、あの夫婦といっしょにいたあと具合がわるくなったんだわ」

「婆さんにはわかったんだ。理屈ではなく体が教えた、忌(い)まわしいことが起こっていると……」

「でもなぜ？　なぜ、あの二人はあたしたちに、お化けが出ると信じさせようとしたのかしら」

舞の疑問に、六郎兵衛は驚くべき答えを用意していた。

「空き家にしておきたかったのだ。盗賊一味の隠れ家ゆえ」

「なんですってッ」

「待て待て、それならおつやさんは……」

舞や尚武だけではない。一九も北斎もえつも、目をみはっている。ここが盗賊の隠れ家なら、大家の代理人のおつやがそのことを知らぬはずがない。

六郎兵衛は一同の顔を見まわした。

「おつやは盗賊の一味、いや、おつやこそ女頭領(とうりょう)やもしれぬぞ」

まさか、信じられぬ、馬鹿を言うな……などと座がざわめく。六郎兵衛は片手を上げて一同を鎮(しず)めた。

「実はひそかに調べておったのだ。先だっての密売品はいまだ洲崎の豪商の蔵に隠されている。つまりお上に目をつけられたので売りさばく機会を失ってしまった。尻に火がついておるゆえ早々に江戸からおさらばしたいが、それには先立つものが要る」

「それで手っ取り早く盗みを働いたのか」

「ま、そんなとこだろう」

なるほどとうなずいたところで、舞はあっと声をもらした。六郎兵衛の憶測が当たっているとしたら、亀吉とおうすも六郎兵衛の正体に気づいているはずだ。ここにいない、ということは——。

「こんなこと、話してる場合じゃありませんよ。ぐずぐずしてたら、また逃げられてしまう。いえ、もう逃げてしまったかも」

すると六郎兵衛は、ごつい顔に愛嬌たっぷりの笑みを浮かべた。

「亀吉とおうすにはわざと警告をした。今ごろは次なる押し込みを断念して、即刻、江戸から出る算段をしているはずだ」

二人には見張りをつけているという。もちろん洲崎の豪商の近辺も捕り手がひそかに見張っている。出入りをする者はすぐにわかるし、あわてて逃げ出そうとすれば、即刻、捕らえられる。ちなみにこの長屋も差配の家も、例外ではないという。

「おつやも同じ、もう逃げ場はない」

六郎兵衛は、捕り方衆と合流するつもりか、ふたたび出かけて行った。

「丈吉と婆さんを呼んでくる。舅（しゅうと）どのと北斎先生を頼むぞ」

尚武も出かけてしまった。

「おっ母さん、あたしは北斎先生の手当てをするから、おっ母さんはお父っつぁんを」

一九がえつに支えられて素直に小部屋へ戻っていったのは、恋焦がれていたおつやの素性を聞かされて、逆らう気力が萎えてしまったからだろう。

「さ、北斎先生……」

「うう、イタタタ。腰もやられたようじゃ」

「困ったわね。これじゃ亀沢町へは行けそうにないわ。とにかく、額の傷の手当てをしましょう」

額へ当てた懐紙は真っ赤になっていた。舞は軟膏と晒を取ってきて手当てをしてやる。多量の出血にもかかわらず、傷は見た目ほど酷くはなかった。

「それにしても、下でこんなに騒いでるのにお栄さん、下りても来ないわね」

舞は恨めしげに天井へ目をやる。といって、お栄を呼びに行くつもりはなかった。絵を描いているときのお栄が浮世離れの極致にあることは、とうに承知している。

舞は北斎のかたわらに寄り添って、腰をさすってやった。が、立ち上がろうとすると激痛に見舞われるのか、顔をしかめてうずくまってしまう。

「ウチの人が帰ってきたら、本所へ知らせに行ってもらいます」

いずれにしても、痛みがおさまるまでは動けない。

どのくらいそうしていたか。

突然、北斎が口を開いた。

「おつやさんの、お父っつぁんは、絵師、だったそうじゃ」

口の重い北斎である。聞き取りにくい、くぐもった声だ。

「子供のころ、お上からいわれのないお咎めをうけて、遠島にされたそうでの、おっ母さんは別の男と暮らしはじめたが、そいつがろくでもない悪党だったらしい」

働きづめに働かされたあげく殴る蹴るは日常茶飯事。母親は衰弱して死んでしまった。実のところはなぶり殺しにされたようなものだと、おつやは涙を見せたという。このままでは自分も同じ目にあわされる。それとも廓へ売り飛ばされるか。おつやは寝ている養父の胸に漬物石を落として、家を飛び出した。

「死んじまったんですか、その男……」

「確かめてはおらぬそうだが、どのみち見つかればただではすまぬ」
十二、三の子供だからといって見逃してもらえるかどうか。おつやは逃げ、幸い捕まらずにすんだ。が、寄る辺ない娘である。それからの道のりが楽なものでなかったことは、容易に察せられる。
「あとのことは知らん。むろん、その話だとて、嘘か真か」

「でもおつやさん、自分から先生に話したんでしょう」

差配にさえ、おつやは素性を明かさなかった。そのおつやが北斎に子供のころの話をした。おそらく作り話ではあるまいと舞は思った。

「わしが絵を描いているのを見ると、父親を思い出すそうだ。父親が恋しゅうてたまらぬと言っとった。幼いころは、そばにくっついて、絵を描くのを見ていたと……」

そういうことだったのだ。おつやはなぜ北斎に執着——北斎のために賃料もとらずに借家を空けておいたり、恋文めいた文を尚武に預けたり——したのか。それは、北斎に恋をしたからではなく、北斎に愛しい父親の姿を重ねていたのだ。

もっとも、この家を空き家にしておいたのは、北斎のためだけではなかった。盗賊の隠れ家としてつかっていたのだから。では、今このとき、北斎を急がせて自分の絵を描かせたのはどうしてだろう。

「北斎先生。おつやさんは本当に江戸から出て行こうとしてる。だから北斎先生に絵を頼んだんです。だったらこの絵は命より大事な絵のはず。なぜ、取りに来なかったんでしょう？」

「さあ……わしにもわからんが……他にどうしても行かねばならぬところができたとしか……」

「他に行くところ……」

舞は首をかしげた。自分がおつやならどこへ行く？　もし、北斎に話した身の上話が本当で、二度と江戸へ帰れないとしたら……。

「そうだわ。おっ母さんのお墓がどこにあるか、先生はご存じですか」

「いや。浅草のどこかのようだったが……」

浅草にはおびただしい数の寺がある。

「おっと、そうじゃ、甲斐性なしの養父が墓など立てられるはずもない。長屋の連中が気の毒がって荼毘に付してくれたとか言うとったの。近所の寺に預け、銭を貯めて墓を……そう思っておったところが、そのあと、あんなことがあって逃げ出してしまい……」

今は立派な墓を建立する銭がある。が、遺骨を引き取りにゆけない。素性を知られるわけにはいかないからだ。

おつやは悩んだにちがいない。けれど、いざ江戸を去るとなって――。

「おつやさんは浅草のどこかのお寺へゆくことにした。それから先生のところへ寄るつもりでいるんじゃないかしら。先生は家で絵を描いているから少しくらい遅くなってもかまわないわけだし……」

ところが浅草で思いのほか手間どってしまった。もしそうだとしたら、そろそろ堀川町の極楽長屋へ来るころかもしれない。北斎がいなければおつやはどうするか。あきらめて洲崎へ行くか、亀吉おうす夫婦と合流するか。あきらめきれずに亀沢町の工房を訪ね、この長屋へ北斎に会いに来ることも……。

どこへ行こうが捕り方の思う壺である。

「北斎先生……」

ふと見ると、北斎は背中を丸め、拝むように手を合わせていた。

「もしや先生は、おつやさんを……」

舞は腰を上げた。

おつやに好意を感じたことは一度もない。美しく、気風がよく、男たちにちやほやされているおつやが妬ましかった。ただで家を貸してもらったり、中居の仕事を斡旋してもらったり、家族のだれかれに気遣いをみせてくれたけれど、それでも胸の中では反感のほうが勝っていた。

なのに今、舞はおつやを助けたい、と思った。女盗賊のおつやではなく、絵師の父親を慕いつづける不幸な娘に、もう一度だけ逃げる機会を与えてやれないものか。

恩返しの気持ちも少しはあったかもしれない。おつやと、そして北斎への。だがそれ以上に、この絵を無駄にしたくなかった。絵には、北斎とおつやが共有した時間が、二人のそれぞれの魂がこめられている。北斎がおつやのために描いた絵は、おつやの手にとどけてやらなければならない。

「この絵は、あたしがおつやさんに渡します」

巻き上げた紙をつかんで、舞は家を飛び出した。


間に合いますように――。

幸いなことに佐賀町と堀川町は隣り合っている。しかも北斎が舞の家に来てからすぐに喧嘩騒ぎが起こったので、まだ四半刻（しはんとき）も経っていない。

夕暮れの街はだれもが忙しそうで、小走りで急ぐ舞に目を向ける者はいなかった。万にひとつ、あとを尾（つ）けられてはいないかと、舞は用心を怠らない。

極楽長屋には夕餉（ゆうげ）の匂いがたちこめていた。

「絵師の先生なら、もうここにはいねえよ」

路地に七輪を出して魚を焼いていた老婆が声をかけてきた。

「ええ。わかっています。あたしは北斎先生に頼まれて……」

だれか訪ねてこなかったかと訊くと、老婆は首を横にふった。

舞は家の中へ入る。紙くずや食い残しでまだ散らかったままだった。だれが片づけるのか知らないが、少なくとも今日の今日、新しい借り手がくることはなさそうだ。

入り口から目につくところを片づけ、絵を置いておくことにした。人がいることがわかるように行灯に火を入れ、舞自身は片隅の暗がりに身をひそめる。

火皿の油が尽きかけているのか、灯が弱々しくゆれはじめたのを見て、舞はあきらめて帰ろうと腰を上げた。そのときだ、ぱたぱたと足音が聞こえた。「先生ッ」と上ずった声と同時におつやが駆け込んできた。

「こんなに遅くなるはずじゃ……あれ……」

おつやは息を呑んだ。絵を見つけ、近づいて取り上げようとする。

「おつやさん」

「おや……」おつやはのけぞった。「どうして、ここに?」

「北斎先生から頼まれたんです。急用で亀沢町へ帰るんで、おつやさんに絵を渡してほしいって」

おつやは一瞬けげんな顔をしたものの、すぐにいつもの艶やかな笑顔になった。

「それはどうも。先生に、お礼を伝えてくださいな。そのうちに……そう、亀沢町へうかがいますって……」

そこでおつやは声をつまらせ、目を泳がせた。

「いえね……おつやが、何度も礼を言ってたと……」

顔をそむけ、絵を持って出てゆこうとする。

舞はおつやの背に話しかけた。

「おつやさん。皆がおつやさんを探しています。亀吉さんとおうすさんは見張られていますし、洲崎の旦那のところも捕り方が囲んでるそうで……」

おつやの背中がこわばった。ゆっくりと振り向き、じっと舞を見る。くっきりとした切れ長の目に、涙がきらめいたように見えた。

おつやは膝を曲げて深々と辞儀をした。

それからさっときびすを返すと、どこかへ駆け去ってしまった。

舞はへたへたとその場へ座り込む。

四

「はい。今日はここまで」

「ありがとうございました」

三人の娘たちは声を合わせて舞に挨拶をした。

「花江さんが来られるようになってよかったこと」

店のほうは大丈夫かとたずねると、花江は笑顔でうなずいた。

盗賊一味がお縄になったので、全部とはいかないまでも盗まれた金品が返ってきた。寝込んでいた母親も回復して、店ももう再開しているという。

「ではお稽古に専念できますね」

「はい。あ、そうそう、そういえば姉と姉のお仲間も踊りを習いたいと申しております。お願いしてほしいと……」

「もちろんですとも。前より広くなりましたから、何人でもどうぞ」

「早速、伝えます」

舞は三人を送り出した。

二軒長屋は今、どちらも舞の一家がつかっている。壊れた板壁をとっぱらって、片方を一九夫婦、お栄、老婆が、もう片方を舞と尚武と丈吉がつかうようになったので、踊りの稽古も心おきなくできる。しかも六郎兵衛の口利きで、尚武が用心棒の仕事にありついた。一家の生計もようやく安定してきたところだ。

この長屋については、いろいろと厄介な問題があった。なにしろ大家の正体が不明のまま、代理人のおつやがいなくなってしまったのだ。同様のいくつかの家屋とあわせて、いったんはお上に返納された。が、陳情を重ねた結果、盗賊の捕縛に手柄を立てた功も考慮されて、とりあえずは町名主(まちなぬし)の管轄のもと、一九一家が借家として利用することを許された。

そう。盗賊一味は捕縛された。が、おつやは行方知れずのままだ。

首尾よく逃げおおせたんだわ——。

舞は極楽長屋で会ったときのおつやの顔を思い出して安堵の息をついたが……。数日後、尚武から悲しい結末を知らされた。

「舟が……転覆？」

「大島へ行きたいと頼まれたそうで、こんな舟では無理だと断ったそうだが、大金に目が眩んだ船手がいたらしい。こっそり舟を出し、で、案じたとおり……」

沖で転覆した舟が見つかった。浜へ打ち上げられた船手の死体も発見された。が、探索したもののおつやの死体は見つからなかった。大海へ放り出されれば、見つかるほうが奇跡である。

「なぜ島へ行こうとしたかはわからぬそうだが……」

「お父っつぁんに会いに行ったんだわ」

舞は尚武に、北斎から聞いたおつやの身の上を教えた。そもそもおつやも、大島へたどり着けるとは思っていなかったのではないか。父親の生死すらわからないのだ。それでも、父親の近くで死にたいと思ったのだろう。

「そうか、おまえがおつやさんを逃がしたのか」尚武は苦笑した。「六郎兵衛どのが聞いたら地団太を踏んで悔しがるぞ」

「北斎先生に頼まれたんです。けど、もしおつやさんに会ったらあなただって……」

「そうだな。おれたちは皆、おつやさんに借りがある」

「本当はどっちだったんでしょう？　本当のおつやさんは……」

「どっちも本当だったんじゃないか、おれたちが知ってるおつやさんも、女頭領のおつやも」

確かにおつやは、その艶やかさと気風のよさで一九一家の心をとらえた。たとえいっときでも、大火事で焼け出された災難を忘れさせてくれた。とりわけ一九は、筆を持つ気力さえ失せていたのに、おつやの励ましで戯作者の意地を取り戻したのである。

「お父っつぁんには言わないほうがいいわね。おつやさんが溺れ死んだってことは」

「うむ。知らぬが仏。これ以上、落胆させとうないからの」

一九はおつやの素性が明らかになり、二度と逢えないと知らされたとたん、また中風病の老人に戻ってしまった。病は気から。このところあっちが痛いこっちが痛いと言っては、不貞寝ばかりしている。

「北斎先生のほうは変わりないのか」

北斎はおつやの絵を描いた。素性も知っていた。人情に疎い老人がおつやをなんとか助けたいと願ったくらいだから、やはり心を奪われていたのだろう。おつやの溺死を知ったら、さぞや落胆するにちがいない。

「それがねえ……」と、舞は苦笑した。「お栄さんの話じゃ、北斎先生もなんだか様子がおかしいみたいで……いっぺん亀沢町へ行ってみようかと」

北斎は、亀沢町にはいなかった。

「浅草ですってッ」

浅草から工房へ通ってくる弟子の一人が、幽霊に墓を暴かれた寺の話をした。するとまだ腰痛が完治していないというのに、北斎はすっ飛んで行き、そのまま近所の長屋に居ついてしまったという。

「やっと元の親父（おやじ）に戻ったってことサ。ここんとこ、呆けたみたいだったから」

「訪ねてみましょうよ」

「やだね。放っときゃいいんだ」

「そんなこと言わないで。ね、いっしょに来てよ」

役には立たなくても、お栄がいたほうが心強い。お栄にとり憑（つ）くほど物好きな幽霊がいるとは思えないし、それに、なんといっても北斎とお栄は父娘である。

「ねえ、お栄さんってば……」

「わかった。行きゃいいんだろ、行きゃあ」

二人は弟子に教えられた浅草今戸町（いまどまち）のはずれにある長屋へ行ってみた。

相も変わらず散らかった板間で、北斎は絵を描いていた。そばに寄るのも話しかけるのもはばかられるほどの気迫に満ちた姿である。

「ほぉら、騒ぐことなんかないだろ」

「そうねえ。絵を描いてるんなら心配はないわね。浅草と聞いたんで、つい、気をまわしすぎたのかもしれないわ」

せっかく来たので、幽霊に墓を暴かれたという寺へ行ってみることにした。もとより長屋は寺の裏に隣接している。裏木戸を開ければ目の前が墓地だ。

「よくもまあ、こんなとこに住めるわね。薄気味がわるいわ」

木戸の内側は古ぼけた墓石が立ち並ぶ一角で、その先に真新しい墓地と安普請の本堂が建っていた。庫裏を訪うと場違いなほど若い大黒が出てきて、掘り返されたという墓の在りかを教えてくれた。

「訊かれるのはこれがはじめてじゃありませんけどね、あたしどもは知らないんですよ、古い墓地のことは……」

この数年のうちに一度ならず火事があって寺が焼け、再築したり移転したりで昔のことはわからなくなってしまったという。最近になって墓が掘り返されたのは事実だが、女がぼーっと立っていただけでは噂どおりそれが幽霊の仕業かどうか知るすべはない。

「なんでも聞いた話じゃ、そこの長屋で恐ろしいことがあったそうだから、それとごっちゃになって噂が広まったんでしょうよ」

大黒は身ぶるいをした。

「恐ろしいことってなんですか」

「長屋も人が入れ替わってるから、あてにはならないけど……」

それでも聞きたいとせがむと――。

長屋に住んでいた絵師の女房が役人にもてあそばれ、心を病んで自害した。その娘が役人に復讐を遂げ、絵師は娘の罪をかぶって島流しになった……というような話だった。もちろん噂は噂にすぎない。

舞は、元のように土が盛られて自然石がぽつんと置かれた墓の前にしゃがんで合掌をした。だれの墓かも不明だから、おつやとは無関係かもしれない。が、この墓にもきっとなにか悲喜こもごもの物語があって、その因縁から逃れられない人がいたはずである。掘り返したことで、胸の痛みは癒えたのだろうか。

「お栄さん。さっきは気味がわるかったけど、今はちっとも怖くないわ」

「フン」

「あたしたちのとこに出たお化けだって、ちゃんと理由があったんだもの」

行きましょう、と、腰を上げる。

「親父は……」

「憑き物が落ちたんだと思うわ。それとも、幽霊にはっぱをかけられたのかも」

北斎も墓参をして心が鎮まった。おつやの話が腑に落ちた。だからまた絵を描く気になったのだ。それが唯一、おつやの供養だと思っているのではないか。

二人は帰路につく。

舞は雲のかなたに、絵に没頭する父親のそばで目を輝かせている童女の幻を想い描き、胸の中で今一度手を合わせた。

百戦あやうからず

一

クルルルルーッと甲高い声がして、舞は竹箒をつかう手を止めた。江戸市中で鶴の声を聴くことはめったにないとはいえ、通油町に住んでいたころにも年に一度や二度は耳にしている。

「あらあら、もう、こんな季節になったのねえ」

所狭しと連なる板葺き屋根の上空を眺めれば、雲間から薄陽が射していた。今日も小春日和になりそうだ。

早いもので、大火事で焼け出されてこの深川佐賀町へ移り住んでから半年余が経とうとしている。当初は同じく被災した隣人たちが押しかけたこともあって、日々の糧を得るため家族総出で様々な商いに手を出したものだった。そのあとも盗賊騒ぎで落ち着かない日々がつづいたものの、このところ、ようやく日常が戻りつつあった。踊りの師匠の看板を掲げた舞には弟子が順調に増えていたし、亭主の尚武は日雇いの用心棒などしながら、一方で、舅であり師匠でもある十返舎一九の跋文を清書したり、ちょっとした書き物を頼まれたりと、戯作者の弟子ならではの姿も見せはじめている。倅の丈吉と居候の名無しの老婆も、雨天でさえなければ、道端でお狐様の怪しげな護符を売る商いを細々とつづけていた。

「ま、可もなく不可もなしってとこね」

銭を稼いでもう少しだけ豊かな暮らしを——初鰹とは言わないまでも心ゆくまで鰹を食べたり、古着の一枚も誂えたり、芝居小屋へ出かけたり——したいとは思うが、もとより質素な生まれ育ちだから、それ以上の贅沢は思い浮かばない。

今、ぜひとも叶えたい願いがあるとすれば、それはただひとつ。父一九の中風が快方に向かうこと。そうなればとびきり面白い戯作を書き上げて、今一度、大当たりをとることができるかもしれない。

十返舎一九は知る人ぞ知る、滑稽本『東海道中膝栗毛』の戯作者である。

掃除に戻ろうとしたときだ。今度は玄関で声がした。鶴ほど甲高くはないが、潑溂とした明るい声は——。

「あ、兄さんだッ」

まちがいなく兄市次郎の声である。ということは、駿府から出てきたのか。

舞は竹箒を放って駆けだした。

市次郎は幼いころ、一九の伝手で地本問屋へ奉公に出された。上方で修業をしていたときに知り合った駿河国府中の豪商に招かれ、駿府へ移り住んだ。今は所帯をもって、つつがなく暮らしている。

駿府は、一九や尚武の故郷でもある。

市次郎に会いたいという一九のたっての願いをくんで、一九一家は昨年、駿府への旅を強行した。あれこれ騒動はあったものの、思い出に残る旅となった。

市次郎はその際、近々、江戸へ帰って本屋を開きたいと話していた。が、そのあと、江戸は大火事に見舞われた。舞は市次郎に無事を知らせる文を送ったものの、大混乱の最中だったので、詳しい消息までは知らせる余裕がないままだった。

では市次郎は、しびれを切らして自ら様子を見に来たのか。

「兄さんッ。わざわざ駿府からいらしてくだすったんですか」

「おや、驚いた。よくここがわかったねえ」

継母のえつも台所から飛んできた。血はつながっていなくても、市次郎がみっつ、舞が赤子のときから世話をしてきたえつにとって、二人は腹を痛めた我が子も同様。

「へい。だいぶ探しました。便りがないんで、どうにも心配で……」

市次郎は、一九ゆずりのととのった顔に、一九とは似ても似つかぬ柔和な笑みを浮かべて継母と妹の顔を見比べている。

「ごめんなさい。落ち着いたら知らせようと思っていたんだけど」

「あんたが来てくれたと知ったら、お父さん、どんなに喜ぶか」

市次郎は、一九一家の見舞いかたがた、江戸で店を出す算段をするつもりだという。算段がつけば、妻子を呼びよせることになる。

「それまでおいてもらえれば」

「あたりまえですよ。ここはあんたの家だもの。それよか、長旅で疲れたろ。こんなとこで立ち話してないで、さ、上がって上がって。舞……」

「はい。兄さん、今、濯ぎ桶をもってきます」

舞は砂埃で汚れた兄の足を濯いでやった。座敷で旅装を解かせ、白湯でひと息ついてもらう。こんなときは上等の茶菓でもふるまいたいところだが、そんなものはあろうはずがない。

「お父っつぁんは……」

「ウチの人と近所をぐるりとね。少しは歩かないと足が萎えてしまうからって」

一九は昨年、東海道の江戸・駿府間を自分の足で往復した。中風病の一九にしてみれば、まさに奇跡のような快挙だった。ところが近頃はまた病がぶりかえしたようで、手指がしびれているらしい。それを言い訳に、戯作からも遠ざかっている。

一九の具合が芳しくないと聞くと、市次郎は首をかしげた。

「おいらはてっきり、すっかりよくなって、昔のように精力的に戯作を書きまくってるんだとばかり……」

舞とえつもけげんな顔を見合わせる。

「どうしてそんなことを?」

「そうですよ。さっきは、どうにも心配だったと……」

「あ、ああ。江戸へ来るまでは心配で心配で……けど、こっちで噂を聞いて……」

「噂？　お父っつぁんの？」

「だれが、なんと、言ったんだい」

市次郎は目を瞬いた。

「永寿堂の主の、西村屋与八さんが……」

市次郎が江戸で最初に奉公したのが、馬喰町にあった老舗の地本問屋、永寿堂だった。今回も市次郎は真っ先に永寿堂を訪ねたという。永寿堂は一九の戯作の版元でもあったから、消息を知るには手っ取り早い。

「へええ、永寿堂さん、もう店をはじめてるんですか」

日本橋界隈は全焼している。売り物の本も灰になってしまったはずだ。店を建て替えたとしても、そう簡単に商いが再開できるとは思えない。

「まだ昔のようにはいかないようですがね……。それでも北斎先生の〈冨嶽三十六景〉なんかはつづきもんなんで、ここで途切れさせるわけにはいかねえと。で、少しずつ……」

市次郎は永寿堂で教えられた葛飾北斎の工房を訪ね、そこで、この佐賀町の一九一家の住まいを教えてもらったという。

「そりゃ、北斎先生なら知ってて当然」

この借家は北斎からゆずりうけたものだ。ここには北斎の娘のお栄も居候している。

「そうか。それで北斎先生が、お父っつぁんがせっせと書いてる、なんてでたらめを言ったのね」

自分の絵のこと以外は無関心、平気でいいかげんなことをいうのが北斎である。舞は北斎らしいと苦笑したが、それは予想ちがいだった。

「なんですってッ、錦森堂さんで？」

「西村屋さんの話だと、着々と準備が進んでるそうで……。〈抱腹絶倒、十返舎一九渾身の新作〉と銘打って、大々的に売り出すことになってるんだとか」

舞とえつはまたもや顔を見合わせた。そんな話は初耳である。

「ねえ兄さん、お父っつぁんはなんにも書いていないわよ」

「ほんとか。そいつは妙だなあ」

「お父っつぁんが書けないでいるのに、錦森堂さんが新作を出すなんて、断じてありえませんよ」

「永寿堂さんが嘘を言うはずが……錦森堂さんとは目と鼻の先で、しょっちゅう行き来していますし……」

それが事実なら、錦森堂は十返舎一九の名を騙って別人の本を出そうとしていることになる。たとえ店を立て直すための苦肉の策だとしても、とうてい看過できない卑劣な行為だ。

舞は錦森堂の主、森屋治兵衛の福々しい顔を思い浮かべた。物腰こそ柔らかだが、どうしてどうして強引で粘り強く、欲のかたまりのような男である。

一九一家と同じ通油町に店をかまえていた錦森堂も、当然、全焼の憂き目にあっていた。焼死者が出なかったのは不幸中の幸いだったが、使用人の大半が怪我をした中で、治兵衛自身も足と腰を痛めたと聞いている。一家の避難を手伝いに来てくれた手代の乙吉や、その乙吉を迎えに来た番頭の話によれば、渋谷村で養生している治兵衛は憔悴しきっていて、容易には復帰できそうにないとのことだった。

けど、あの、森屋さんだもの――。

舞はキッと顔を上げた。

「兄さん、おっ母さんも、今のこと、お父っつぁんには黙っていてくださいね。もし噂が本当で、だれかがお父っつぁんの名を騙ってる、なんてことになったら、お父っつぁん、猛烈に逆上して手がつけられなくなるから」

「だけど舞、だとしても、いつまでも隠しちゃおけないよ」

「だから、あたしが森屋さんに談判するわ。今から錦森堂へ行ってくる」

言い終わらぬうちに、舞は腰を上げていた。

そろそろ一九と尚武が帰ってくるころである。市次郎とえつに今一度、かたく口止めをして、舞は家を出た。

二

「まあ、いつのまにこんなに……」

　舞は目を丸くしてあたりを見まわした。

　しばらく見ないあいだに、通油町の周辺は様変わりをしていた。ぱらぱらと歯欠けのような空地はあるものの、大半が普請中か、でなければ新築の家々で埋めつくされている。

　この界隈は商人や職人の街だった。槌の音が響き、砂埃が舞い上がるなか、商人と客の活気あふれる応酬が早くも聞こえている。

　錦森堂の入り口にも真新しい暖簾が掲げられていた。路上に出て水を撒いているのは——そう、乙吉だ。

「これはこれは、一九先生のお嬢さん、皆さまはお変わりなくお過ごしで……」

　火事のときはお世話になりましたと、乙吉は腰を折って挨拶をした。

「乙吉さんには、こちらこそ、いくら感謝してもしたりませんよ。ええ、あたしたちは相変わらず。それより、いつ渋谷村から出てきたんです？　森屋さんのお怪我は？」

「すっかりってわけにゃ参りませんがね。そうはいっても、次々に店が再開するなか、ぐずぐず田舎に引きこもってられるかってんで……」

　業突く親爺ならさもありなん、一刻も早く稼ぎたくてじっとしてはいられなかったのだろう。

むろん、そうは思っても口には出さない。

舞は店をとおりぬけて奥の間へ案内された。

森屋治兵衛は薄っぺらい紙束を前にして番頭とやりあっていた。分厚い座布団を重ねて背もたれにして、片足を不自然なかたちに伸ばしているところを見ると、足腰の痛みはまだ癒えてはいないようだ。

舞の姿を認めるや、番頭はあわてて一番上の紙の一枚を裏返しにした。

「おや、お珍しい。皆さん、お達者でおいでですか」

番頭は愛想笑いを浮かべる。

「いやあ、参りましたな。とんだ目におうて、手前どもも丸裸にされてしまいましたよ。やれやれでがんす」

治兵衛は、物柔らかな口調とは裏腹に身構えるそぶりをした。舞を見れば銭を無心されると警戒して体が自(おの)ずと反応するのか、それとも、別の理由があるのかも。

「乙吉つぁんが手伝いに来てくれたおかげで、命拾いをいたしました。幾重にも御礼申し上げます」

舞はまず、丁重に礼を述べた。なにはともあれ事実は事実だから、感謝をするにやぶさかではない。

治兵衛と番頭は安堵(あんど)の色を浮かべた。

「いやいや、皆さんご無事でなにより。こっちはあちこち痛むところだらけで、それでもようやっとこうして店の体裁がととのいました」

「そのようですねえ。びっくりしました」

「ま、おいおいお知らせを、と思っていたところでがんす」

「いいえ。こちらもお見舞いにうかがえず、申し訳なく思っておりました。お父っつぁんもずっと気にしてたのに、中風がまたぶりかえしてしまい……」

「なあに、お互いさまでがんすよ。先生には一日も早う回復していただかねば……」

これまで丁々発止とやりあってきた二人が、さすがに半年ぶりの再会だからか、双方しゃちほこばっている。が、様子を探りあうのもそこまでだった。

治兵衛と番頭の油断をみはからったように、舞はいきなり身をのりだした。裏返しにした紙をひったくって、両手で目の前にかかげる。

二人はあわあわと両手を泳がせ、腰を浮かせた。

「へええ、なにかと思えば、これは新しい本の表紙ですね。中身はまだ全部そろってはいないようだけど。いったいどなたの……あらあら、ここに書いてある。十返舎一九……お父っつぁんの本かしら。でも見た覚え、ないわねえ。いつ書いたんだろ」

治兵衛と番頭は困惑して目を合わせ、無言のままどちらが言い訳をするか押しつけあっていた。やむなく治兵衛がごほんと咳ばらいをする。

「ご推察のとおり、こいつは今度、ウチから売りだす滑稽本でがんすよ。といっても、一九先生とはなんのかかわりもござんせん」

「ござんせんったって、お父っつぁんの名をつかったら、だれだってお父っつぁんの本だと思いますよ。あの『東海道中膝栗毛』で大当たりをとった十返舎一九が書いたものだって……」

「それはまあ、そういうこともござんしょうが、こいつは先生のお名前じゃやござんせん」

よおくごらんくださいと言われて、舞は墨書きされた署名に眸を凝らした。どこからどう見ても〈十返舎一九〉としか読めない。

「やっぱりお父っつぁんの……」

「いえいえ、もっとよおく。ほら、ここところにあいだが、わずかですが空いております」

番頭が指さしたところをよくよく見ると、ほんの少しだけ――楊枝一本ほど――他の字と字のあいだより隙間が広く見えないこともなかった。

「ね、おわかりでがんしょ。この戯作者は〈じっぺんしゃ、いっく〉ではござんせん。〈じっぺん、しゃいっく〉という新人でがんす。つまり十返さんというわけで……」

「そんなッ、馬鹿馬鹿しいッ」

舞は金切り声をあげた。

「そんなこと言って、あたしを騙そうったってそうはいきませんよ」

「騙すなどと、人聞きのわるい。十返さんというお方がぜひにと持ち込んだハナシがなかなかおもしろそうだということで、それならいっちょ賭けてみようか、と」

「だったら名を変えればいいじゃありませんか。まぎらわしい」

「しかし、皆が知ってる名のほうが……」

「ほおら、お父っつぁんの名をつかう気だ」

舞が治兵衛につめよろうとすると、番頭がまあまあと割って入った。

「お嬢さん、ちょいとお聞きを。そちらも大変なご苦労をなすったでしょうが、こちらだってご同様。なにもかも丸焼けになってしまったんでございます。なんとか大当たりをとらなければ、店はつぶれてしまいます。四の五の言ってはいられません。先生が中風で書けぬとあればそれに代わるお人を……手前どもも必死なのでございますよ。どうか、ここはひとつご勘弁を」

大火事の前、一九一家は通油町の地本会所の敷地内の借家に住んでいた。広々としたその家にタダ同然で住むことができたのは、治兵衛の口利きがあったからだ。火事の最中に駆けつけてくれたのも治兵衛の手代の乙吉である。むろん、これまで一九のおかげで錦森堂が大儲(おおもう)けをしてきたのだから、両得ではあるものの、だとしても、治兵衛が一九一家の恩人であることに変わりはない。

その恩人が窮地を脱しようとあがいているときに、足を引っぱってよいものか。両手を合わせている番頭を見て、舞の怒りは一気にしぼんだ。番頭の顔は明らかに嘘泣きでも、必死の思いは伝わってくる。

「ご事情はわかりました。わかりましたけど、でも、あんまりじゃありませんか。お父っつぁんのとこにあれほど日参していた森屋さんが、ひと言の相談もなく、こんな仕打ちをするなんて……」

「手前だって、したくてしたわけでは……。先生が書いてくださるってんなら、それに越したことはござんせん。なんなら今からだって……」

「そうですよ、あ、旦那さま、よいことを思いつきました。一九先生と十返さんを競わせるというのはいかがでしょうか。どちらの御作が面白いか、見きわめようとすれば、みんな、二冊、買って読み比べなければならないわけで……」

番頭が小鼻をひくつかせると、治兵衛の双眸がぱっと輝いた。獲物を見つけた鷹のような抜け目のないまなざしになっている。

「そいつは妙案ッ」

「なにが妙案よ」

儲けることしか頭にない強欲親爺どもめが——と、胸の内で悪態をつきながらも、舞も思案顔になっていた。名も無き若造が自分にとって代わろうとしていると知ったら、一九はどう思うか。立腹し発奮して、また筆をとる気になるかもしれない。夢中になって書きはじめれば、気力が横溢して、病など吹き飛んでしまうのではないか。

舞は紙束の上に表紙の一枚をのせ、こぶしでドンと叩いた。

「わかりました。それなら森屋さん、こちらも受けて立ちましょう。お父っつぁんにも書かせます。こんなまやかし野郎なんかじゃお父っつぁんの相手にはならないでしょうけど、お父っつぁんがこいつに勝ったら……」

治兵衛は大きな鼻をうごめかせた。

「稿料を倍、あ、いや、三倍払わせていただきやしょう」

番頭も舌なめずりをしている。

「一九先生に書いていただけるのなら、それに越したことはござんせん。腐っても鯛……あわわ、なんと申しましても、あの膝栗毛の生みの親にございますから」

話はまとまった。

舞は意気揚々と家路につく。と、そこまではよかった。が、家に帰り着かないうちに次なる心配が芽生えた。

「お父っつぁん、大丈夫かしら」

売られた喧嘩をつい買ってしまったが、一九は中風病である。それにここ数年は戯作から遠ざかっていた。たとえ書けたとしても、十返とかいう若造の戯作のほうが面白かったら、それこそ面目丸つぶれである。

舞の足どりは一気に重くなっていた。

三

数日後、神田紺屋町に店をかまえる算段をつけた上で、市次郎はいったん駿府へ帰って行った。諸々の準備がととのい次第、妻子を伴って上京するという。

倅のことでは喜びを隠せない一九だったが、もちろん、喜んでばかりはいられなかった。

「お父っつぁんはどう?　ちゃんと書いてる?」

舞は厠から出て来た尚武をつかまえてたずねた。

「やはり指がのう、動かぬようで……話を聞いて書き留めてはおるのだが、その話も、昔のような具合には……」

尚武はため息をもらした。

〈十返舎一九〉の出現は、予想どおり、一九を激怒させた。

「無礼者ッ。そんなやつ、ひねりつぶして、二度と筆が持てぬようにしてくれるわ」

発奮して新作にとりかかったまではよかったが……。

そもそも一九は精力的に歩きまわることで戯作をモノにしてきた。生い立ちからして駿府を振り出しに江戸、大坂、ふたたび江戸とめまぐるしい。弥次郎兵衛と喜多八が活躍する『東海道中膝栗毛』にしても、そのあとの人気作となった鼻毛延高と千久羅坊が日本中をめぐる『金草鞋』にしても、道中記の一面をあわせもっている。ごみごみした深川の路地裏の長屋に閉じ込められて、飲酒や遊興もままならない暮らしでは、のびのびと物語の羽を広げるのはむずかしい。

「困ったわねえ。なんとか手を入れて、面白くはできないの?」

「一字一句書き直すしか……というても、そこまでしてよいものかどうか……」

「いいわよ。今はあなたが一番弟子なんだから。娘婿でもあるんだし、面白いってわかればお父っつぁんも文句は言わないわ」

「問題はそこだ。どちらが書くにしろ、十返とやらの上をいかねばならぬ」

自信がないのか、尚武は声をひそめた。

「十返がどんなやつで、どのようなものを書いておるのか、探ることはできんかのう」

彼を知り己を知れば百戦殆（あや）うからず。

そう、敵を知れば百戦も危うからず。敵の弱みをつかむことさえできれば、いかようにも手が打てる。卑怯な手段ではあるが、この際、四の五の言ってはいられない。

「そうねえ。どんなやつか、あたしも見てみたいわ。厚顔無恥の、イケ好かないお調子者の顔を……」

「うむ。口から先に生まれたような、いやいや慇懃無礼（いんぎんぶれい）の、いや、生意気でふてぶてしい野郎にちがいない。出目でデカ鼻でテラテラと脂ぎった……」

「しもぶくれの顔……って、それじゃ森屋さんだ」

「おう。錦森堂で聞いてみよう」

「だめよ。教えてくれるものですか。魂胆を見抜かれれば、お父っつぁんの評判が落ちるだけだわ」

「錦森堂に張りついて、出入りする者を見張るというのはどうだ?」

「だめだめ。そんな悠長なこと。そうだ。乙吉つぁんなら、巧（うま）いこと言いくるめて聞き出せるかも」

乙吉はお人よしで力持ちだが機転が利かない。それになにより、大火事の際、一九一家と行動を共にしていた。居候の老婆が通油町の地本会所の裏長屋に住む為助（ためすけ）の祖母で、火から逃げまどう混乱の最中、強引に押しつけられたことも承知している。

これはつかえる――。

「あとはあたしにまかせて。十返って唐変木野郎、こてんぱんにしてやりましょ」

「ねえ、いいじゃないの」

「ヤだね」

「そんなこと言わないで。どうせいっしょに来ることになるんだから、いっぺんくらい、ウンて言ったらどうなの」

「ウン」

「あれ、ま。来てくれるの？」

「ウン」

「いやだ、気味がわるい」

「いいかげんにしやがれッ」

お栄は墨をたっぷりふくんだ筆を振り上げた。

舞は両手を突き出してあとずさる。

「ごめんごめん。やっぱりお栄さんにはウンもハイも似合わないわ」

舞は用心しつつお栄の膝元に座り込んだ。これからなにを為すべきか、舞が熱心に説明しているのに、お栄は聞いているのかいないのか、絵筆を動かすのに余念がない。

「いいこと。話を合わせてちょうだいよ」

「フン」

「余計なことは言わない。いいわね」

「フン」

「じゃ、さ、行くわよ」

「へ？　今から行くのか」

「当たり前でしょ。善は急げ」

不服そうなお栄の腕を引っぱって、舞は家を出た。


深川の佐賀町から日本橋の通油町までは四半刻（しはんとき）ほど。舞とお栄は、水撒きをしていた乙吉を見つけ、錦森堂の横の路地へ引き込んだ。

「ね、これがどんなに大事なことか、乙吉つぁんならわかるでしょ」

「へい。そいつはもう……」

「なんとしても見つけてやりたいのよ、もしも生きているんなら。でなけりゃ、あんまりにもお気の毒だもの」

舞は涙をおさえるかのように目頭へ指をあてた。その指を少しずらしてお栄を見ると、お栄はいつもながらの無愛想な顔で突っ立っている。

少しくらい同調してほしいものだわね——。

ムッとしてかたわらへ視線を動かす。乙吉はすでに目元を真っ赤にして鼻をぐずぐずさせていた。こうも簡単に騙される男というのも、物足りなくていただけない。

舞は大仰に洟をすすった。

「とにかく、そういうわけだから、どうしてもその、十返さんとやらに会わなくちゃならないの。ね、お栄さん。お栄さんッ、ねえってばッ」

「フン」

「ね、北斎先生がそう言ったのよね」

「フン」

北斎は永寿堂で十返と出会った。錦森堂へ自作を売り込みに来たくらいだから、十返が永寿堂にいてもふしぎはない。北斎は十返から、大火事以来、隣人にあずけた祖母と生き別れになっているという男の話を聞かされた。それが娘のお栄に伝わり、今回の騒動で十返の名を耳にしたお栄が、もしや一九一家の居候の老婆の話ではないかと思いついた……と、これは言うまでもなく、舞がひねりだした作り話である。

「て、こと。早くしないと、その男の人——おそらく為助さんは、またどこかへ行っちゃうかもしれないわよ。そうなったらお婆ちゃん、死ぬまで家族と再会できないままだわ。ね、だから乙吉つぁん……」

「そういうことなら……へい。わかりました。けど、あっしが教えたってことはどうか……旦那さまから口止めをされていますんで」

「もちろんよ。言うもんですか」

やったッ――と、舞は思わず飛び跳ねそうになる。

さらに四半刻ののち、舞とお栄は浅草は元鳥越町の、鳥越明神の裏路地にある見るからにみすぼらしい長屋の木戸口にたたずんでいた。

この界隈には大御番組や御書院番組など中小の武家屋敷が並んでいる。鳥越明神を囲む町家も武家御用達の店がほとんどで、長屋の木戸に貼られた札も〈傘張り〉や〈刃研ぎ〉〈鍼灸〉といったものだ。

「こんなに、こ汚いとこで書いてるのかしら。よほどふところが寂しいのね」

「おまえの親父だって昔は似たり寄ったり」

「ま、そうだけど」

どんなに本が売れても稿料はいっぺんこっきり、儲かるのは書肆ばかりだ。しかも一九は大酒呑みの遊興三昧だったから、若いころは常に金欠だった。押しかけた借金取りに風呂桶まで持っていかれたことのある一九が、「さあ、持ってけ」と壁に家具調度の絵を描いて借金取りを出迎えたという話は、今でも語り草になっていた。

「とにかくね、泣き言を言われても同情は禁物よ。相手は人様の名を勝手に盗んで儲けようってな腹黒いやつだからね。丸め込まれないようにしなけりゃ」

舞はいつもの愛想のよさを引っ込め、キッと目を吊り上げる。

「おれは、なにをすりゃいいんだ?」

お栄が仏頂面ながらも訊(き)いてきたのは、どうせ逃れられないのなら一刻も早く終えてしまおうという肚(はら)だろう。

「お栄さんは絵師の眼力を働かせてちょうだい。敵は蛙(かえる)、蚯蚓(みみず)でもいいけど、絵を描くつもりになってよおく頭に入れておけば、なにか弱みが見つかるはずだわ」

お栄はウンともスンとも答えなかった。うんざりしたようにため息をついて、さっさと木戸の内へ入ってゆく。

十返の家はとっつきから左手の三番目と聞いていた。腐りかけた溝板(どぶ)からただよう悪臭と長屋の奥の後架(こうか)から流れてくる汚物の臭い(にお)で鼻が曲がりそうだ。そんな臭いでさえ、家の中の黴臭さ(かびくさ)よりはマシなのか、戸は開け放してあった。

「行くわよ」

「フン」

戸口の内側は土間で、その奥に狭苦しい板の間がひとつだけ。土間には張りかけの傘が置かれている。

板の間に女がいた。痩せた女で、こざっぱりはしているものの見るからに粗末な布子(ぬのこ)姿、髪は無造作にかきあげて笄(こうがい)でとめただけ。女は背中を丸め、刷毛(はけ)を持った手を動かしている。絵を描いているのかと思ったがそうではなく、紙に油をひいているらしい。

女のかたわらには夜具が敷かれ、三つ四つと見える子供が寝かされていた。熱でもあるのか、頬とまぶたが赤らんでいる。

舞が声をかける前に、女が「あッ」と驚きの声をもらした。薄暗い中で見ても、怯(おび)えて困惑しているのが見てとれる。化粧けがなくやつれているので一見したところは三十前後に見えるが、見た目よりは若いかもしれない。

女が凍りついたままなので、舞は一歩足を踏み入れた。

「こちらに、十返さんというお方がおいでとうかがったのですが……」

すると女は一瞬、目を見開き、それから刷毛を放りだして平伏した。

「お許しください。わるいのはあたしです。どうか、どうかご勘弁を……」

舞とお栄は顔を見合わせた。この女は十返の女房か。では女房がそそのかして、亭主に十返舎一九を名乗らせたのか。それにしても、まだ名も告げぬうちに、どうして舞が一九の娘だとわかったのだろう。

「あのう、十返さんとお話を……」

言いかけたときだ。パタパタと駆ける音がして六つ七つの童女(どうじょ)が飛び込んできた。

「おっ母ちゃん。これ、入れてって」

童女が差しだしたのは矢立(やたて)だ。墨が空になったので入れてくれというのだろう。

女は墨を満たしてやると、今一度ため息をつき、あきらめたように舞を見た。

「明神さまで、書き物を……この子が案内します」

女は童女になにか言い聞かせた。

十返は、この狭くて暗い家では書きづらいので、鳥越明神のどこかで書いているらしい。貧乏暮らしも窮まれり、といった感がある。

「おじゃましました」

童女に先導されて二人が出て行こうとすると、女はまたもや両手をついた。

「なにもかも、あたしのせいです。あの人がなんと言おうとあたしの……。お父上さまにはどうか、よしなに……」

女は泣いているようだ。

舞とお栄は木戸の外へ出てもまだ当惑していた。あまりにあっさり謝られてしまったので、出鼻をくじかれた。しかもどん底の貧乏暮らしに病の子までいると知れば、いったいどんな顔で文句をつけられようか。

舞は平手で自分の頬をぴしゃぴしゃと叩いた。

「参ったわ。あーん、丸め込まれるなって自分で言ったのに」

「フン」

「とにかく、ここまで来たんだから、顔だけは見ておかなくちゃね」

期待して待っている尚武を思えば、女房に謝られたからといって、はいそうですか、と帰るわけにはいかない。

鳥越明神は、縁日ではないのにそこそこ人が出ていた。が、本殿の裏手は閑散としている。扉を閉めきった御堂の石段に男が腰を掛けていた。膝元には矢立が置かれ、ふところから分厚い紙束が覗(のぞ)いているから、書き物に熱中しているこの男が十返であるのはまちがいなさそうだ。

女房のいでたちからも予想していたことではあったが、よれよれの色褪せた着流し姿はなんともみすぼらしい。伸びきった月代に無精ひげもむさくるしくていただけないが、女房より若々しく、脇目もふらず筆を走らせるその顔は真剣そのもので、並々ならぬ闘志が感じられた。

駆けだそうとした童女の腕を、舞はつかむ。

「ねえ、お嬢ちゃん。お父っつぁんはいつもあそこで書いてるの?」

童女はきょとんとした顔で舞を見上げた。

「お父っつぁんじゃないよ。お父っつぁんは火事で死んじゃった」

「え?　でもあそこにいる……」

「お侍のおっちゃん。あ……」と言って、童女は片手で口をふさいだ。「ただの、おっちゃん」

童女は舞の手を逃れ、「おっちゃーん」と呼びながら駆けだした。

男が顔を上げる前に、舞はくるりと背を向けた。

「お栄さん、帰るわよ」

「話、しないのか」

お栄はけげんな顔だ。

「もういい。顔見りゃわかるもの」

「わかるって、なにが?」

「あいつが必死だってこと、食べてくのに……。それから、なんか知らないけど、ややっこしい事情があるってことも」

女房……ではなさそうだが、女の涙に加えて十返の鬼気迫る形相を見てしまった今は、弱みを握るだの、なにを書いているか探るだの、そんな卑劣な真似がなぜか急にうしろめたく思えてきた。どのみち、あの十返が初対面の客に、自分のことをぺらぺらしゃべるとは思えない。

永代橋が見えてきたところで舞は足を止め、火事の前まで住んでいた通油町の方角を眺めた。

「昔はお父っつぁんも、あの十返さんみたいな顔、してたっけ。じゃましたらモノ投げつけられるし、いつも不機嫌で、怒鳴ってばかりで、近づくのも怖かったけど、あれが戯作者の顔なんだなって。あ、お栄さんは今も絵師の顔だけど」

「フン」

「あいつがなにを書いてるかなんて知ったってしょうがないわ。売り物になるかどうかはともかく、今のお父っつぁんじゃ、あいつにかないっこないもの」

「どうするんだ?」

「そうねえ……」

最盛期の一九には弟子がいた。十字亭三九やら九返舎一八などという名を面白がってつけたり、二世を名乗らせたりしたこともあった。が、今や各々活躍をしていて、中風病の老人となった一九を見舞うこともめったにない。

一方の尚武は器用な人で、そこそこのものならさらさらと書いてしまう。といっても、そもそも江戸へ出て来たのは父親の仇を探しだして討ち果たすためだったし、一九の弟子になったのも江戸での拠り所がほしかったから——舞に惚れて離れられなくなったから——だった。今だって用心棒をしたり一九の世話をしたりで、本気で戯作者になりたいと思っているのかどうかさえ疑わしい。

　とはいえ、やはりここは娘婿たる尚武の出番だろう。

「お父っつぁんの代わりに、ウチの人に書いてもらうしかないわね。正々堂々と勝負して、で、勝ったほうが晴れて十返舎一九の二代目になるの」

「小父(おじ)さんがウンというか」

「言わせてみせる。お父っつぁんだって、二代目の名跡を自ら授けるんだもの、それなら恰好(かっこう)がつくと思うの」

　錦森堂の森屋治兵衛も文句はないはずだ。次に売り出す〈十返舎一九〉は、本家本元の一九からお墨付きをもらった〈正当な二代目〉として大々的に宣伝ができるのだから。

　ここ数年、病と格闘しながらも戯作者であろうとあがいてきた父だった。引導を渡すのは辛(つら)いが、引退の花道を用意するのも娘の役目だと心得ている。

「お父っつぁんに、一世一代の見せ場をつくってやらなくちゃ」

　舞は思案をめぐらせた。

四

　舞から十返の話を聞いた尚武は、返す言葉を失ったように考え込んでしまった。滑稽話を地でゆくようなおちゃらけた商家のぼんぼんとか、芝居町で生まれ育った根っからの遊び人とか、そういう類の男を想像していたのに、十返が武士だと聞いたからだ。しかも、自分と同じように、なにか身を隠さなければならない事情があるということも。

「いったいなんの訳があるのか。そうか。仇持ちやもしれんぞ。でなければ、その女と駆け落ちして逃げまわっているとか」

「子連れで駆け落ちはしませんよ」

「そのガキどもは十返の子ではないのか」

「父親は火事で死んだそうです」

火事があったのは半年前だ。つまり、十返が母子と暮らしはじめたのは火事のあとということで、となれば子供はどちらも十返の子ではない。

「うーむ。では火事の際に助けたか助けられたか。手に手をとって逃げたのだろう。あの阿鼻叫喚の最中なら、なにが起こってもふしぎはないからの」

「だとしても、あの女はなぜ、自分のせいだ、なんて言ったのかしら。十返舎一九を名乗ったのがうしろめたかったとしても、初対面のあたしたちに自分がわるいと謝って涙まで流すなんて、なんだか妙だわ」

二人はまたもや思案顔を見合わせる。

「ともかく、お父っつぁんの代わりに書いてちょうだいね。十返さんとどっちが面白いか、お父っつぁんに決めてもらいましょ」

「ま、そういうことなら、やらずばなるまい」

ここは受けて立つしかないと腹をくくったのか、尚武はいつになく真剣な顔で墨を磨りはじめる。その姿を見とどけた上で、舞は一九を探すことにした。

「おっ母さん。お父っつぁんはどこ？」

「さっき丈吉と出てったから、お婆ちゃんのとこじゃないかえ」

居候の老婆は、毎日飽きずに河原の道端に座って、元はと言えば火事で焼けてしまった朝日稲荷に祀られ、運よく難を逃れたお狐様を膝に置き、道行く人々に笑顔をふりまいている。「ありがたや」と「うかのみたま」しか言葉は発しないが、それがまた神々しく見えるのか、足を止めて拝んでゆく物好きもいる。丈吉は河原で遊びながら、賽銭を集めたり、即製の護符を売りつけたりと、こちらも忙しい。

「へえ。珍しいこと」

河原はすぐそこだが、一九が出かける気になったのは体調がよいからだろう。新作にとりくむふうを装いながら、このところ毎日のように不貞寝ばかりしていたのだ。

老婆は、いつもの場所に、いつものごとく座っていた。丈吉の姿がないのは、河原へ下りて遊んでいるからだ。

一九は、老婆のとなりに並んで、地べたにあぐらをかいていた。

どちらの背中も小さく、少し丸まって、なんとも言えず物悲しい。

舞はこみあげてきたものを呑み込んだ。

「お父っつぁん」

「お」

「お父っつぁんにね、お願いがあるんだけど……」

「う」

「当代一の戯作者、十返舎一九先生でなければできない大役をつとめてもらいたいのよ」

河原からは子供たちの歓声が聞こえてくる。

老婆の肩先に一片の紅葉がふりかかる。

はっくしょん、と、一九は盛大なくしゃみをした。


舞の思惑どおりに事は進んだ。

もはや戯作は無理だと自分でもわかっていたのだろう。栄誉ある退路を与えられた一九は待ってましたとばかりに跳びついた。もっとも、指がふるえて書けないことも、豊かな発想の泉が枯渇してしまったことも、決して認めようとはしなかったけれど。

「おまえのたっての頼みならやむをえぬ。この十返舎一九さまが、襲名の労をとってやるとしよう」

内心ではほっとしていたにちがいない。

森屋治兵衛も反対はしなかった。どころか、欲の皮を突っぱらせ、機嫌よく高笑いをした。

「そういうことなら、ひとつ華々しゅう、江戸中の評判になるように……」

「へい。十返にも知らせて、気合を入れてやりましょう。旦那さま、一九先生がどちらを選ぶか、こいつは大評判になりますよ」

番頭もホクホク顔で揉み手をする。

まずは前評判を高める。次に二冊の滑稽本を売り出す。日時を定め、本家本元の十返舎一九が登場しておもむろに二代目を選ぶ。そこで盛大な襲名披露と相なる。

巷では、謎めいた二人の候補に関心が高まるはずだ。女たちの井戸端会議も姦しくなる。熊つぁん八つぁんをはじめ、男どもはどっちに賭けるか喧々囂々……そう、なるはずだった。なにごともなく順調にゆけば――。

数日後、佐賀町の長屋へ女が訪ねてきた。浅草で十返と暮らしていた女である。

舞はこのとき、二階で踊りの稽古をしていた。応対に出たのが舞でなく母のえつだったのは、幸いと言えたかもしれない。

女は〈おしか〉と名乗った。一九に折り入って頼みがあるという。

「十返の女が来てる」

台所で冷や飯をかっこんでいたお栄が、舞に知らせた。舞は稽古を中断して階下へ駆け下り、襖の隙間へ目を当てる。

おしかは、一九とえつの前で平伏していた。

「妙なことをお言いですねえ。勝たせないでくれ、とは、どういう……」

「御目を覚ましていただきたいからです」

「目を覚ます、だと？　どういうことだ」

「はい。小倉彦次郎(おぐらひこじろう)さまには歴(れっき)としたお家がおありだからにございます」

おしかの家は八丁堀(はっちょうぼり)の水谷町(みずたにちょう)にあり、亭主の余吾蔵(よごぞう)は植木屋の手代で、八丁堀の町奉行所の組屋敷にある小倉家へも出入りしていた。小倉家の次男、彦次郎とは「彦坊ちゃま」「余吾」と呼び合う仲で、おしかも彦次郎の顔を見知っていたという。

「先だっての大火事で、あのあたりは丸焼けになってしまって……」

亭主を探しに行こうとしたときにはもうそこいらじゅうに火がまわり、右往左往する人々でごったがえしていた。行き場を失い幼子らを抱えて茫然(ぼうぜん)としていたおしかと出会い、自ら子供を背負って増上寺(ぞうじょうじ)まで避難させてくれたのが、同じく焼け出されて家人とはぐれてしまった彦次郎だった。

「増上寺ッ。あたしらもあそこのお救い小屋にいましたよ、ねえ、おまえさん」

えつの言葉で悲惨な日々を思い出したのか、おしかは目頭をぬぐう。

「彦次郎さまがいなければどうなっていたか……。彦次郎さまの話では、亭主が小倉家の皆さまをお助けしたそうで……その恩があるからと言って、まだ火がくすぶるなか、強引にお屋敷があった焼け跡へ戻り、亭主の亡骸(なきがら)を見つけてくださったのも彦次郎さまでした」

今住んでいる浅草の長屋は、おしかの身内に泣きついて借りたものだ。亭主を喪(うしな)い途方に暮れているおしかを一人にできなかったからか、自らも満身創痍(まんしんそうい)だったこともあって、彦次郎もその長屋で養生することになった。傷が癒えれば出て行くはずがずるずると居ついてしまったのは、そもそも厳格な父親との仲が険悪だったためらしい。どのみち次男は他家へ養子に出されるか、でなければ生涯、部屋住みのまま肩身の狭い思いをしなければならない。それならいっそ、火事で死んだことにしてはどうだろう。

おしかが言ったわけではないが、むろん、彦次郎がこの半年余り家へ帰らなかったいちばんの理由は、おしかや子供たちと離れがたかったからにちがいない。

「彦次郎さまは、お小さいころから親に隠れて、一九先生の御作を読みあさっておられたそうです。一九先生のように筆一本で身を立てたいと夢見たこともおありだったとか。こうなったら、たとえ一冊なりと、ご自分の戯作を世に問いたいと……」

そうはいっても、霞(かすみ)を食って生きるわけにはいかない。暮らし向きは苦しくなる一方だ。いずれにしろ、大手をふって戯作者として打って出るわけにはいかない。実家の小倉家では嫡男が火事で大怪我を負ったこともあり、行方知れずの次男がどこかで生きているのではないかと一縷(いちる)の望みを抱いて、いまだに探索をつづけているという。おしかは昔の植木屋の知り合いから小倉家の噂を聞き込んでいた。

「今ならまだ間に合います。一時の迷いで一生を棒にふるようなことになれば、あたしは自分が許せません。ですから錦森堂さんに居所をお聞きして、一九先生にお願いに参ったのです。敬愛する先生から、おまえの負けだ、戯作者にはなれぬ、早々に足を洗えと引導を渡していただければ、彦次郎さまも御目が覚めましょう」

どうかどうかお願いします、と、おしかは両手を合わせる。

一九とえつは顔を見合わせた。

「おしかさんのお気持ちはわかりましたよ。けどねえ、肝心の彦次郎さまはなんと思っておられるのか……」

「武士を棄てたのはわしも同様。武士がすべてとは限らぬぞ」

「彦次郎さまは迷っておられます。ご実家へ帰れば、あたしたちを見捨てることになる。それでは武士の一分が立たぬと、で、夢だなんだと意地になられて……」

今はよい。彦次郎は若く、義侠心に燃えている。いや、恋に溺れているのかも。だが苦労知らずの武家の息子が、世を忍び、食うことさえ事欠く生活にいつまで耐えられるか。

「彦次郎さまは迷っておられるんですか、帰ろうかどうしようか、と?」

「あたしの前では、きっと戯作者になってみせる、とそれはもう空恐ろしいほどに……。でも、このところご様子がおかしいのです。ご実家から人がみえてからは……」

「あれまあ、小倉家ではもう、彦次郎さまが生きておられるのをご存じなのですね」

「はい。先日突然、お姉さまが下女を連れて訪ねてみえました。町娘のようないでたちで、気さくに話しかけてくださり、頭ごなしに帰れとは言われませんでしたが……」

襖の向こうで耳を澄ましていた舞ははっと身を乗りだした。姉と下女とは、もしや、自分とお栄のことではないか。

おしかはつづける。

「そのあと、一度ならず、屋敷のお人が訪ねて参りました。ご用人さまかなにかでしょうか。腕っぷしの強そうな大兵（だいひょう）の二本差しだったので、腕ずくで連れ帰るつもりかと不安になりましたがさようなことはなく……」

二人は真剣な顔で話をしていたという。

舞は思わず驚きの声をあげそうになった。

まあ、いやだ。あたしに黙って会いにゆくなんて——。

大兵の二本差しは尚武にちがいない。尚武は浪人だった。

二人はなにを話したのか。彦次郎に会いに行ったことを、尚武はなぜ、ひと言も話してくれなかったのだろう。

「おまえさん、どうするんです？　なんか言ってくださいよ」

襖の向こうでは、えつが一九をせっついていた。

「むむむ」

一九は馬のような鼻息をもらし、瞑目（めいもく）している。カッと目を開けたときは、双眸（そうぼう）に異様な光が宿っていた。

「おーい、舞ッ。酒だ、酒もって来～いッ」

五

「えーと、今度はどうか、こちらに跋文を……」

遠慮がちな口調とは裏腹に、森屋治兵衛は読みでのありそうな紙束を、舞の膝元にデンと置いた。

「また、ですか。なにもそんなに次々と……」

「ま、そう仰(おっしゃ)らず。先生のお墨付きがあるとないとじゃ大ちがい。さすがは天下の十返舎一九先生、ご威光は色褪せずってね、感謝感激雨霰(あめあられ)でがんすよ」

治兵衛が持ち込んでくるのは無名の新人が書いた滑稽本や読本、黄表紙(きびょうし)といった戯作である。それにしても、よくもまあ、次から次へと新人を見つけてくるもので——。

「まったく、調子がいいんだから。つい先日まで、中風病のお父っつぁんのことなんか、すっかり忘れていたくせに」

舞はくちびるを尖(とが)らせる。胸の内では、世の中とはそういうものだと妙に納得していた。浮世では何事も、売れるが勝ち、なのだから。

十返、すなわち小倉彦次郎とおしか母子の一件は、冬が深まる前に幕を閉じた。

彦次郎が念願の滑稽本を書き上げ、尚武が——近年の一九の戯作にもしていたように——多少の手を入れて完成させた。これに十返舎一九がもったいぶったお墨付きを与え、錦森堂は〈かの十返舎一九先生も太鼓判をおした、二代目十返舎一九の抱腹絶倒滑稽話〉と銘打って大々的に売り出した。題は『風流　口八丁笑草紙(くちはっちょうわらいぞうし)』——。

彦次郎は一世一代の夢の自作を胸に小倉家へ帰って行った。が、おしか母子を見捨てたわけではない。滑稽本で得た稼ぎを丸ごとおしかに残していったので、母子は当分のあいだ飢えずにすみそうである。

「おしかさんのこと……」

「へいへい。この森屋がちゃあんと、見守らせていただきますよ。乙吉がちょいちょい様子を見に行っておりますから、困ったことがあればなんなりと」

薬が買えるようになったので、下の幼子の病も回復しつつあるらしい。

「わかったわ。なら、お父っつぁんに頼んであげる」

「へいッ。なにとぞ、よろしゅう」

治兵衛は畳に額をすりつけた。

本家・十返舎一九の人気はいまだ衰えず――それがわかったとたん、この変わり身の早さだ。現金なものである。

「もうひとつ、森屋さん、米櫃(こめびつ)が空(から)なんだけど」

舞も負けてはいなかった。

またかと一瞬ふくよかな顔をゆがめながらも、治兵衛は「へいへい」とうなずく。

「そういえば、紺屋町のほうもそろそろ暖簾が出るころじゃござんせんか」

「ええ。ここ数日のうちには江戸へ出て来るそうですよ」

兄の市次郎から文がとどいた。いよいよ江戸の住民になって、地本問屋を開店する手はずがととのったようだ。

「となれば、またまた、競争相手が増えるってぇこって……」

「なんの、いくつ増えようが、老舗の錦森堂さんはびくともしやしませんよ」

「そいつは先生次第で……」

「こちらこそ、兄のこと、なにとぞ、よろしゅう」

舞はしとやかに両手をつく。玄関で帰ってゆく治兵衛を見送った。

大火事の後遺症は多々あれど……。

通油町にいたころの日常がようやく戻ってきたようだ。

「奇人気まぐれきりきり舞い」

お得意のおまじないを高らかに唱えて、舞はフフフと笑みをこぼした。

灰さようなら

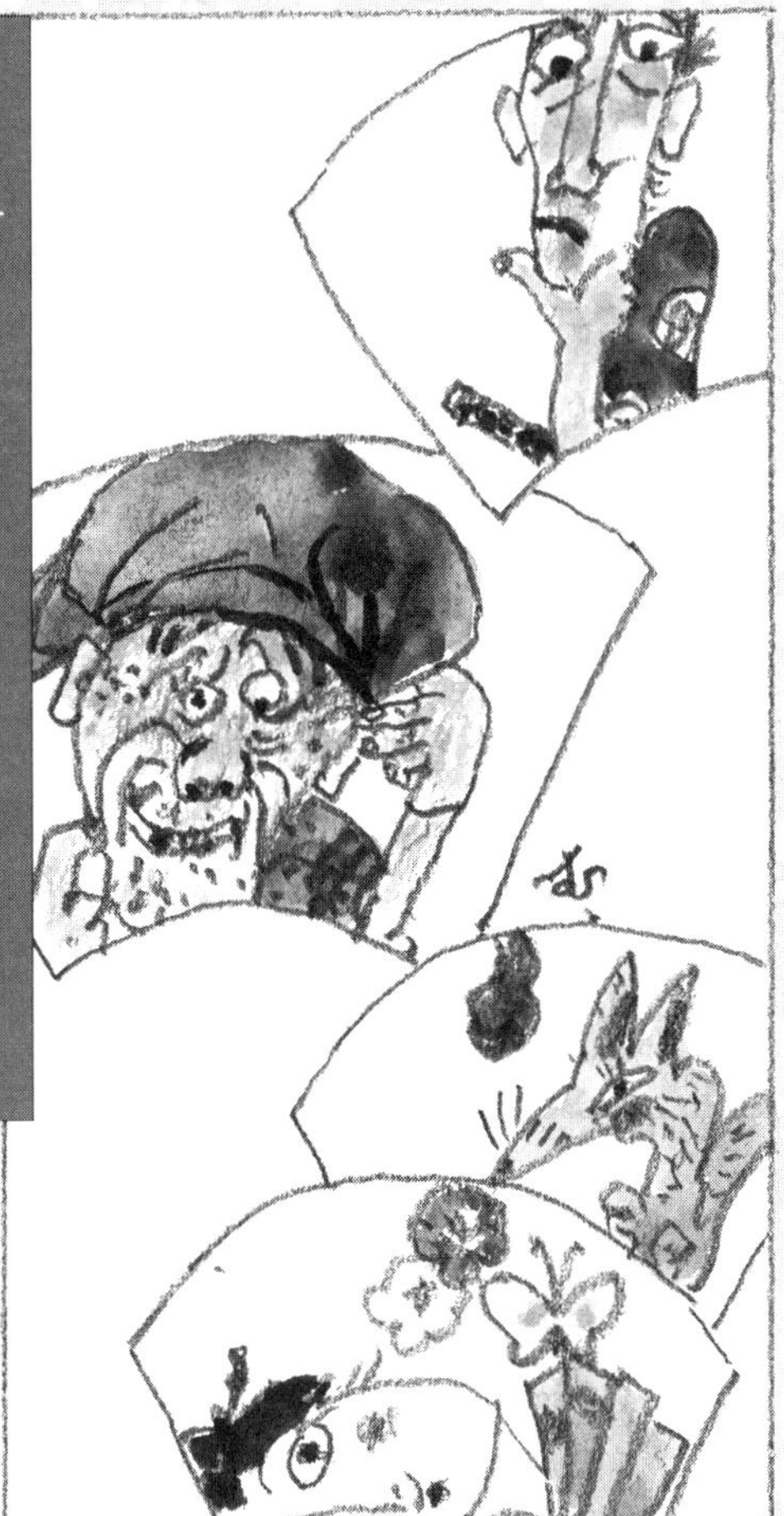

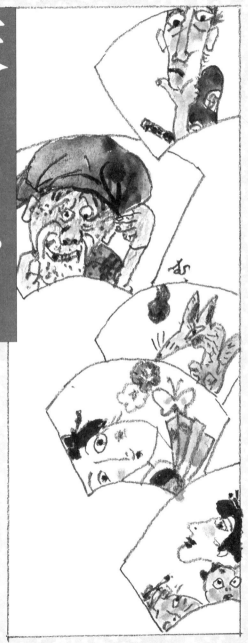

一

泣きたくなるような青空が、路地の左右に迫る庇(ひさし)のあいだから覗(のぞ)いている。大気は冷え込んでいるものの、風がないのでしのぎやすい。

「おあつらえむきの日和(ひより)だわ」

舞(まい)は安堵(あんど)の息をついた。

もし大雨や大風だったら、どんなに難儀をするか。悪天候では人出が望めないし、そもそもにぎやかなことの大好きな一九(いっく)は、当てがはずれて落胆するにちがいない。一世一代の見せ場もおじゃんになってしまう。

「おい。大丈夫か」

亭主の尚武(しょうぶ)が戸口から顔を出した。今朝は無精ひげをていねいに剃(そ)り上げているせいか、いや、緊張のゆえだろう、心もち青ざめた顔をしている。

「ええ。あたしがしっかりしなくちゃね。おっ母さんは？」

「気付けに一杯だと。ま、気丈なお人ゆえ、なんとかがんばってくれるさ」

「だといいけど……。あらら、やっぱりおかしいわねえ」

おかしいと言ったのは母えつのことではない。尚武が白装束の上に着ている黒紋付の羽織だ。大柄の尚武には小さすぎて、腕がにょきりと突き出ている。

「こいつがいちばんでっかいやつだとさ。これぱかしはあらかじめ用意しておくわけにもいかんしのう、ま、よしとせねば」

「あたしのほうは助かったわ。おきみちゃんのお祖父さまのご葬儀のときに古着を見繕っといたから」

喪主はえつだが、えつだけでなく舞と兄の市次郎、市次郎の女房も白装束である。兄夫婦は昨夜のうちに神田紺屋町の新居から駆けつけて、準備を手伝っていた。

今日は野辺送り、つまり葬式だ。

だれの葬式かといえば——むろん、十返舎一九。

舞の父の一九は、『東海道中膝栗毛』をはじめとする多くの著書で一世を風靡した戯作者である。数年前から中風に悩まされ、今春は大火事で一家が焼け出されるという不運にも見舞われた。その後は衰えが著しく、筆をもつ指がふるえるため思うように執筆が進まなかった。

家計は踊りの師匠である舞の束脩や謝儀と、尚武の日雇いなど雑多な稼ぎでかろうじて賄っている。

ひと月ほど前、駿府に住んでいた舞の兄、市次郎が、家族ともども江戸へ出て来て、紺屋町で本屋を開いた。一九なじみの永寿堂や錦森堂などの後押しもあって、ささやかながらも着々と足固めをしている。その点では、一九の心残りもなくなった。

焼け出されたあと、通油町の借家から移り住んだ、ここ深川佐賀町の長屋には、一九とえつの夫婦、娘の舞と尚武の夫婦、娘夫婦の子として育てられているものの実は一九の落とし子らしき丈吉、それに二人の居候が住んでいた。通油町にいたころから居候だったお栄——葛飾北斎の娘の絵師——と、火事のただなか、火に追われて逃げる途中で近所の為助夫婦から押しつけられた老婆である。

為助は破損した陶器を修繕する焼継屋で、たまたま修繕中だった朝日稲荷のお狐様を祖母に託した。名もわからず、「ありがたや」と「うかのみたま」しか言葉を発しない老婆だが、いつもニコニコ、機嫌のよいのが取り柄。お狐様と並んで道端に座っているところは、ご利益がありそうに見えるのか、賽銭を置いてゆく者あり、護符を買ってゆく者ありで、ささやかながらも生計の足しになっている。

そんな一九一家が、今日はいよいよ〈その日〉を迎えた。長くなるであろう一日がつつがなく終わるかどうかは、だれにとっても——お狐様にとってはなおのこと——重大な意味をもっている。

「どう？　準備はできた？」

「心配無用。ぬかりはないさ」

尚武が舞の背を押して家の中へ戻ろうとしたときだ、「おーい、おーい」と聞きなれた声がした。

「あら、乙吉つぁんだ」

「森屋の親爺と番頭もいるぞ」

二人は気まずげな顔を見合わせた。

「お寺のほうへ、と、あれだけ言ったのに」

「どうしてもひと目、別れを言いたいんだろう」

「だったら早く。あたしが引き留めてるから」

「よし。できるだけ話を延ばしてくれよ」

尚武は家へ駆け込む。舞は小走りに駆けて行き、路地の木戸口の手前で、錦森堂の面々を出迎えた。

主の森屋治兵衛と番頭、手代の乙吉が殊勝な顔でお悔やみを述べる。三人の顔を見れば、一九の死にどれほど驚き、悲嘆に暮れているか一目瞭然だ。

「それにしても、急なことで……知らせを聞いても、こいつはきっとまた一九先生の冗談じゃないかと……」

「長患いでいつお迎えが来てもおかしくはないと仰っていましたが、そういうお人にかぎって長生きをなさるものでございますから」

「手前にはどうも……一九先生がこんなにコロリと逝っちまうとは……」

だれもが、一九は不死身だと思い込んでいたのだ。一九なら、三途川で亡者の衣を奪うという鬼の奪衣婆に憎まれ口を叩いて追い返されるか、地獄の閻魔と酒盛りをして腸がよじれるほど笑わせ、おまえがいると仕事にならぬと追い払われるか。憎まれっ子世にはばかる、の譬えもある。

舞は一九が事切れたときの様子を、虚実とりまぜ、大仰な芝居噺のごとく語った。声を詰まらせ、袖口で目頭をおさえれば、そのたびに三人も洟をぐずぐずさせる。

ひとしきり話し終えると、もう待てぬとばかり三人は戸口へ突進した。

舞は両手を広げて立ちはだかる。

「皆、とうにお寺へ行きました」

「しかしまだご遺体はこちらだと」

「ここにお人が集まれば大変な騒ぎになりますから」

一九の墓は浅草の新寺町にある善立寺の塔頭、東陽院に建立されることになっていた。本人の遺言で土葬ではなく火葬だが、江戸市中での火葬は煙が武家屋敷へ流れ込む恐れありとして禁止されている。そこで、江戸の北東、小塚原町と中村町のちょうどあいだほどにある野原に、荼毘専用の火葬寺が設けられていた。

一九は著名人である。市次郎がつくった瓦版が昨日、江戸市中にばらまかれているから、弔問客はおびただしい数になるはずだ。こんな路地裏の長屋では、人があふれて立錐の余地もなくなる。もとより一九の今の住まいは、公には知らされていない。

というわけで、東陽院でお経をあげたのちに、葬列を仕立てて火葬寺へ赴く手はずをととのえた。長屋の差配など、ごく内輪の者たちはすでに寺で弔問客の応対にあたっているはずで、一九の棺桶は尚武と市次郎、市次郎の店の手代に担がれて、まさにこれから出立するところだった。

「あっちへ行っちまったら、もうお顔を拝めません。長いお付き合いで、それじゃああんまりだと旦那さまが……」

「いろいろありましたからなあ。化けて出んよう、よぉく頼んでおかねばと思うたんでがんすよ。せめて、ひと目なりと……」

舞は家の中の様子をうかがった。

「わかりました。ただ、お父っつぁんは病やつれた死に顔を他人様には見せてくれるなとよくよく言い遺して亡うなりました。急いで出立しなければなりませんし、ほんのちょっとだけ……」

焼香のみ手早くと約束をさせて、舞は三人を家の内へ招き入れた。

入ったところの座敷に真新しい棺桶がデンと置かれている。坐棺用の樽は駕籠と同じ要領で棒を渡し、前後の二人で担ぐようになっている。

舞が三人を案内したのはその奥の薄暗い座敷で、さかさまに置かれた屏風の前にしつらえた床に、白い布ですっぽり覆われ、胸のあたりに魔除けの小刀を置いた亡骸が安置されていた。枕辺にえつと市次郎が神妙な顔で並んでいる。

順番に焼香をした三人は、涙も新たに合掌、と思いきや、治兵衛がおもむろに這いよって布に手をかけようとした。

「ひと目、お別れを……」

「森屋さん、どうぞ、その場で」

市次郎が手のひらを突き出して留め、もう一方の手で布の上部をめくった。

三角の白い頭巾をつけられた一九の顔は、確かに正視するのも耐えがたいほどやつれていた。目元や口元は墨を塗ったようにどす黒く、痘瘡でもないのに、頬や瞼にぽつぽつと出来物がある。

一瞬後に市次郎が布を掛けなおしたときは、治兵衛も、背後の二人も、怯えたように尻ずさりをして目をそむけていた。

「一九先生。ご冥福をお祈り申し上げます」

治兵衛の声がふるえている。

「わざわざ、ありがとうございました。お父っつぁんも喜んでおりましょう」

「追い立てるようで申し訳ないが、これより納棺せねばなりませぬ。手狭なところゆえ、おもてでお待ちを……」

舞と尚武の言葉を待たず、三人は腰を浮かせていた。

「おじゃまになってもいけませんから、旦那さま、手前どもはお先に……」

「お、おうおう。では、寺にてお待ちしましょう。なんなら乙吉に手伝いを……」

「いえ。手は足りております。ご心配はご無用に……あれ、乙吉さん？」

乙吉の姿はもう消えていた。見るも痛ましい亡骸を納棺する手伝いなどまっぴらごめんと逃げ出すのは、しごく当然である。

足早に去ってゆく三人を見送って、舞は「よっしゃッ」と気合をこめた。

「さあみんな、気をひきしめて、やり遂げましょう」

二

善立寺は、浅草の新寺町に立ち並ぶ数十の寺の中でも五指に入る大きな寺である。その境内が、早くも人であふれていた。一九の葬列を見送ろうという群れである。

「お父っつぁんがこんなに人気者だったとは……これを見たら、またいい気になるわ」

舞は苦笑した。あれだけたくさんの本を書き、江戸庶民に愛されているのに、一九一家は相も変わらず貧乏暮らしだ。いったいどんなからくりになっているのかと恨めしい。

「盛況なだけでは喜べぬぞ。肝心なのは香典がどれだけ集まるか、だ」

「心配ないわ。ほら、あそこにいるのは十字亭(じゅうじてい)さんじゃないかしら。蔦屋(つたや)の番頭さんもいるし、あれは……おや、お大名家のお側用人(そばようにん)だわ」

晩年はともあれ、元気なころの一九は豪商や武家に呼ばれ、座興に滑稽話(こっけいばなし)をせがまれることもままあった。大酒呑(の)みで、酔えば陽気になって大盤振る舞(ぶま)いをする一九だったから、顔が広く、どこへ行っても歓迎される。長年、疎遠になっていたものの、いざ死んだと聞けば、最後にひと目——と駆けつけたくなるのが人情だろう。

棺桶はいったん本堂へ運び込まれた。読経ののちはふたたび尚武と市次郎が境内へ担ぎだして、葬列を組む。ここからは差配が先頭に立って幟を掲げ、えつが位牌を持ってつづく。舞は供物の膳を掲げ、そのうしろが棺桶である。白装束に白い三角頭巾は遺族のお決まりのいでたちだが、葬列に加わる知人隣人も一様に白い三角頭巾をかぶっていた。

お栄と丈吉が、乙吉にも手伝わせて参列者に頭巾を配ったからだ。それもタダではない。代金を頭陀袋へ納めるついでに、丈吉はちゃっかり護符まで売りつけている。

葬列は予想以上に長くなった。冬とはいえ心地よい晴天である。笛や太鼓に誘われて恰好の散策とでも思ったか、一九がだれかも知らない老若男女の野次馬も加わって、一行は新寺町の通りを北へ曲がり、下谷の大通りをにぎやかに練り歩く。

上野の御山を左に見て、下谷の町家が軒を並べる中をひたすら歩き、西光寺の手前を右へ入るころにはもう、荼毘所から立ち昇る幾筋もの煙が見えていた。喉がいがらっぽく、目もしばしばしてくる。

火葬寺は広壮で、敷地内には江戸市中のいくつもの寺の荼毘所が並んでいた。善立寺ゆかりの荼毘所の火床の前へ棺桶を運び、今一度、同行した僧侶に経を読んでもらう。

火夫たちが棺桶を火床へ入れ、長い点火棒で火を点けようとしたときだった。

市次郎が火夫にしばし待つようにと言い、参列者一同の前に進み出る。

「皆々さまには、焼きあがるまであちらでお待ちいただくことになりますが、その前に、父の辞世の句をご披露いたしたく存じます。ご清聴いただき、点火を見とどけていただけますれば、父もこの上なき幸せと存じます」

だれもがうなずき、耳を澄まして辞世の句の披露を待つ。

市次郎はおもむろにふところから色紙を取りだした。

「此の世をばどりゃお暇せん香の　煙と共にはい左様なら」

高らかに読み上げ、火夫に合図をする。火夫が点火したとたん、ばちばちと異様な音がしたと思うや、すさまじい轟音が鳴り響く。地震か、雷か。

なにが起こったかわからぬまま茫然と見上げる人々の目に、棺桶から勢いよく吹き上がる火焔が映った。火焔は空の高いところでもう一度、轟音を立て、四方へ砕け散る。

これが夜なら、たとえ一瞬ではあっても美しい花火が夜空に花を咲かせたはずだ。日中になってしまったことだけが、舞をはじめ一九一家の唯一の心残りとなった。

日没間近になって、野辺送りの行列は帰路についた。

市次郎が骨壺を後生大事に抱えている。骨壺には、だれのものとも知れぬ、燃え残りの灰が入っていた。

「お父っつぁんのいたずらが過ぎて、灰だけになってしまいました」

うなだれる市次郎を励ましたのは、一九が仕掛けた馬鹿騒ぎで沸きに沸いた参列者たちである。

「いやあ、さすがは一九先生、〈灰さようなら〉とは洒落が利いておりますな」

「先生は死んだんじゃねえ。花火といっしょに天に昇りなさったんだ」

自分の死でさえも笑い飛ばしてしまおうという、一九の辞世と臨終間際のいたずらは、面白いことが死ぬほど好きな江戸っ子を狂喜させた。評判が広まれば、一九の名は死してなお高まるはずである。

菩提寺へ戻ったあとは、しめやかに葬儀がとりおこなわれた。とはいえ、火葬寺まで行かずに待っていた者たちや、遅ればせながら訃報を耳にして駆けつけた者たちも加わったので、参列者は東陽院の境内には入りきれず、善立寺を席巻する盛況ぶりだった。

「きっと、まだまだ遠くからお参りに来るわよ、香典をもって」

「まさかねえ、こんなに上手くゆくとは思わなかったよ」

葬儀を終えてぞろぞろと帰る道で、舞とえつは今日の成功を称えあった。

「和尚さまがね、墓参にみえた人には護符を勧めてくださるって」

「お狐様の護符じゃないか。なんだか妙だねえ」

「いいのいいの、鰯の頭も信心から。十返舎一九の護符だもの、なんだって、ありがたがるわよ」

「おやまあ、お父さんもいよいよ神様になったわけだ」

「生き神様だけど」

二人は目を合わせて笑う。

「ところでどうだった、収穫のほうは?」

舞は尚武のとなりへ行き、歩調を合わせた。大人につきあって疲れ果てたのだろう、尚武の背中で丈吉が眠りこけている。

尚武は顔をほころばせた。

「思ったより遥(はる)かに多いぞ。無茶した甲斐(かい)があったの」

「だったら今度こそ……」

「うむ。前よりずっと立派なやつができそうだ」

それを聞けば疲れも吹き飛ぶ。皆で心をひとつにして、がんばったおかげだ。

「お父っつぁんも大喜びね」

「それにしても、あの辞世は傑作中の傑作だったの。さすが十返舎一九先生、だれにも真似(まね)できぬわ」

「明朝には兄さんがまた瓦版に書くそうだから、ますます評判になるわよ」

「先生にもお見せしたかったのう、せっかくあれだけの人が集まったのだ、なつかしい顔が多々あったろうに」

そうね、と応えようとして、舞ははっとふりかえった。お栄がひとり遅れて、肩で息をしている。お栄は歩くのが大嫌いだ。いつもならすぐにへたばるのに、今日は文句も言わずについてきた。それだけでも褒めてやらなければならない。

「ねえ、おかしいと思わない?」

「なにが?」

「北斎先生が来てなかったわ」

「居所不明のご仁だ、まだ知らぬのだろう」

「でもお栄さんが亀沢町へ知らせたはずよ。お父っつぁんと北斎先生は旧なじみの喧嘩友達だもの。なにがあっても駆けつけるはずだわ」

「いや、絵に没頭しておれば右の耳から左の耳だ。ふしぎはないさ」

尚武がなんと言おうと、舞は違和感がぬぐえなかった。いくら浮世離れをした北斎でも、盟友一九の訃報を聞いて平然としていられるはずがない。一九一家が火事で焼け出されたときも、まだ混乱の最中に増上寺のお救い小屋まで訪ねて来てくれたのだ。

首をかしげながら家路をたどる。

佐賀町の長屋には灯がともっていた。老婆と留守居がもう一人、今日の首尾を知りたくてうずうずしているはずである。

「ああ、やっと着いたッ」

「疲れたーッ。死にそうだわ」

がやがやと家の中へ入った一行を、留守居は仁王立ちになって出迎えた。

「おい、首尾はどうだった? まんまと騙されたか」

「そりゃもう大成功、おまえさんは今や生き神様ですよ」

えつが亭主に笑顔を向ける。

一九は、いたずらが成功した小童（こわっぱ）さながらの得意げな顔で、一同を見渡した。

「北斎の爺（じい）さんが饅頭（まんじゅう）をもってきた。あっちは饅頭、こっちは酒。今、二人で腹を抱えて大笑いしとったとこだ」

三

話はひと月ほど前にさかのぼる。

木枯らしが吹く季節が近づくと、舞の心配はつのった。

「お婆（ばあ）ちゃん、風邪をひきますよ」

引き留めても引き留めても、老婆はおもてへ出て行きたがる。舞は晴天の日中にかぎって、だるまさながら綿入れを幾重にも着せ込み、丈吉には手あぶりをもたせて、二人を送り出していた。

「ねえ、なんでお婆ちゃんはあそこに行きたがるのかしら」

あそことは川沿いの道端だ。老婆はこちら側、つまり大川（おおかわ）を見渡す場所にお狐様と並んで座って、一日中、ニコニコしている。

「川の向こうっかたを眺めているのだ。家族みんなで暮らしていたころのことを、なつかしんでおるのだろう」

尚武はしたり顔で言った。そうかもしれないと舞も思った。大火事の前、老婆は通油町の、一九一家の住む借家の裏手の長屋に住んでいた。焼け出されて逃げる途中、孫の為助に置き去りにされなければ、今も家族といっしょに暮らしていたはずである。

「でも、自分の名さえ言えないのに、住んでいたところを覚えているかしら」

「理屈ではそうだが、自分では気づかずとも覚えているのではないか。お狐様のことだって、朝日稲荷の守り神だとわかっているからこそ、ああして大切にしておるのだ」

「確かにそうね。だから二人して……じゃない、お婆ちゃんとお狐様とで、かつての住まいに思いを馳せてるってわけね」

そっと様子を見に行くと、その日も老婆とお狐様は道端に座って対岸を眺めていた。やはり通油町にいたころを思い出しているのか。泣きもせず怒りもせず、ふた組の目があまりにも穏やかであるだけに、いっそう哀れがつのる。

「為助さんは、おかみさんや子供たちは、どこにいるのかしら」

生きているのか死んでいるのか、それだけでも知りたかったが、知る手立てがない。今年もあとわずかになったというのに、巷では生死不明の被災者がまだ大勢いる。

ある日、老婆が熱を出した。

「あんなとこに座ってれば、風邪をひくに決まってますよ」

「おっ母さんッ。あたしが座らせてるわけじゃないわよ」

「あんたが引き留めないからだよ」

「おっ母さんが引き留めればいいでしょ。暇をもてあましてるんだから」

上手くいって当たり前、なにかちょっとでもわるいことが起きると決まって自分のせいにされる。舞は憤懣やるかたない。

老婆の熱は急激に上がることがないかわり下がることもなく、それ以外、苦しそうな様子はなかった。が、なにしろ高齢なので、一九一家の面々にとっては気を揉む日々がつづいた。精がつくようにと、舞は味噌粥に卵をおとして食べさせてやる。えつや一九、尚武はもちろん丈吉やお栄までが心配して、日に何度となく老婆を見舞った。話しかけたり手足をさすったりしているのは、縁もゆかりもない、はじめは厄介者ですらあった老婆が、今や大事な家族の一員になった証だろう。

「母ちゃん。婆ちゃんが変だよ」

最初に言い出したのは丈吉だった。重篤になったかと舞は蒼くなったが、そうではなかった。丈吉が「変」と言ったのは、老婆の咳である。

「狐みたいにコンコンって言うんだ」

そういえば、舞も「おや……」と耳を澄ましたことがあった。他の者たちを集めて訊いてみると、やはり皆も心当たりがあるという。

「はじめはね、お狐様のお声かと思ったんだけど」

老婆の枕辺にお狐様が鎮座しているから、えつがそう思うのもむりはない。

「おれも聞いたぞ。狐の声そっくりだった」

尚武が言えば、一九もうなずく。

「わしはあわてて眉にツバをつけた。婆さんの鼻が尖ってきたら一大事」

狐が出そうなときは眉にツバをつけるとよい——とは俗信で、一九は『東海道中膝栗毛』の中でも狐と遭遇しそうになって眉にツバをつける話を書いている。

「お栄さんはどう？」

「フンと言ったらコンと鳴いた。コンと返したらケンケンと」

野狐はケンと鳴くとも言われている。コンもケンも、咳と思えば咳だが、狐の鳴き声に聞こえぬこともない。

「ずっといっしょにいたんでのりうつっちゃったのかしら」

舞は首をかしげた。二人は毎日のように並んで通油町の方角を眺めていた。

「お狐様は、そうよきっと、朝日稲荷が恋しいんだわ。思いが高じて、お婆ちゃんは熱を出した。で、いっしょうけんめいコンコン帰りたいよと訴えてるんじゃないかしら」

笑うかと思いきや、だれ一人笑わない。

「あそこは今どうなっておるのだ？」

一九がたずねた。

「どうも。空地のままになってましたよ」

近ごろは市次郎の店や錦森堂を訪ねる用事ができたので、舞はときおり火事の前に住んでいたあたりを歩くことがあった。借家のあった地本会所は再建の話が出ているようだが、となりの朝日稲荷はどうなるのか。なにも聞こえてこない。

「みんな、自分の店を立て直すんで精一杯だからのう」

尚武も近隣の者たちから、再建の目途はたっていないと聞いたという。

「お稲荷様じゃ檀家もなし、大本山もないんでしょう。どこかの末寺ってんなら、そのどこかに掛け合えばなんとかしてくれるかもしれないけど、ねえ」

えつがため息まじりに言うと、皆も眉を曇らせる。

稲荷社は「伊勢屋稲荷に犬の糞」と言われるように、江戸市中のいたるところにあった。大名家や豪商が建立した立派な社がある一方で、自然発生的に町人たちが祀りはじめた小さな社も多々あって、そうした社はだれのものとも判別はつきがたい。

朝日稲荷も、ゆくゆくは裕福な商人たちが喜捨を集めて祠を再建、となるかもしれない。復興した町々が氏子を募り、力を合わせて再建するということも……。

けれど、わるくすれば、済し崩し的に社以外のなにかが建てられてしまう心配もあった。いずれにしろ、今のところはまだ、そんな余裕もなさそうだ。

「このまんまじゃ、お狐様は宿無しですねえ」

「あのあたりは住人もだいぶ入れ替わってしまったし、稲荷の祠に銭を出す奇特な者がおるかどうか」

「そう簡単に祠を建てるわけにはいかないってことね。お狐様、お可哀そうに」

えつや尚武、舞が口々に言うのを聞いて、一九は思案の顔になった。

「天下の十返舎一九さまがポンと出してやりたいとこだが……」

火事の前、一九は足しげく朝日稲荷へ出かけていた。参詣のためかと思いきや、だれかがお狐様に供えたお神酒を失敬するためである。一九は、この中でいちばん、お狐様の恩恵を被っているのだ。ポンと出しても当然、ただし、肝心の銭があれば……。

「お父っつぁんったらよく言うわね、米櫃が空だってのに」

「そうですよ。おまえさんの大言壮語は聞きあきましたよ」

舞とえつに言い返されて一九は苦い顔。と突然、「おッ」と大きな声をあげた。

「巧いことを思いついたぞッ」

一九の「巧いこと」が良いことであったためしは一度もない。皆がそっぽを向いているので、一九は一同をにらみつけた。

「聞け。妙案中の妙案だ」

「いいわよ、お父っつぁん、もうこの話は……。お婆ちゃんがお狐様でもお狐様がお婆ちゃんでも、とにかく風邪が治ってくれればいいんだから」

「馬鹿もーんッ。聞けと言ったら聞きやがれッ」

一九は興奮すると手がつけられない。

「舞。丈吉もおいで。おまえさん、聞くだけなら聞きますよ。さあどうぞ」

えつが一同に目くばせをする。

「よし。先生の妙案をうかがおう」

「はいはい。お父っつぁん、なんですか、妙案って？」

「聞いて驚くな」

一九はぎょろりと目をまわした上で厳かに宣言した。

「わしは、死ぬ」

唐突だったので、だれも、なにも、反応しなかった。

一九はじれったそうに地団太を踏む。

「いいか。もういっぺん言ってやる。十返舎一九さまは死ぬ、あの世へゆく、鬼籍へ入る、あばよ、お陀仏だ」

「だけどお父っつぁん、死ぬったって……」

「あわわ、まさかご自害なさるとでも……しかしなにゆえ……」

「なんですよおまえさん、冗談はやめてくださいな」

舞、尚武、えつが騒ぐのを後目にお栄は肩をすくめただけ。大人たちのやりとりを丈吉はきょとんと眺めている。

「冗談なものか。盛大な葬儀をすれば香典がわんさか入る」

大真面目な顔で一九はつづけた。

「なるほど、確かに、一九先生なら香典は山ほど集まろうが……」

「そんな、朝日稲荷のために死ぬなんていくらなんでも……」

「どうやって死ぬんです？　あたしゃいやですよ、手伝いませんよ」

「馬鹿ッ、阿呆ッ、唐変木ッ。どうせ待ってりゃ遠からず死ぬのだ、あわてて死んでたまるかッ。そうではない。死んだフリをする。世間に死んだと思わせる。死ぬのと葬儀と、順序を入れ替えたと思えばどうということもあるまい」

　皆、声を失った。突飛な発想にだれもついてゆけない。

「よおく聞け。準備万端ととのえた上で、一九が死んだと世に広める。江戸中の暇人を寺に招き……そうだ、なにか皆が大笑いするような趣向を考えたほうがいいかもしれんな……ともあれ、粛々（しゅくしゅく）と野辺送りをする。皆、手ぶらでは来られまい。大判小判がザックザク、とはゆかぬまでも香典が集まる。で、そいつを投じて朝日稲荷の祠を再建する。どうだ、参ったか」

　一同は息を呑んだまま顔を見合わせた。

　お栄がしゃっくりをする。

「フン。小父（おじ）さんらしいや」

「ふむふむ。一世一代の大芝居か」

「そんなことして、文句が出やしませんか。あとでバレたら」

「けどおっ母さん、朝日稲荷のためだとわかれば、みんなも許してくれるんじゃないかしら。案外、上手くゆくかもしれないわよ」

「わーいわーい、祖父ちゃんがくたばる、面白（おもしれ）えや」

「なんだと?」

「丈吉ッ、おだまりッ。ねえお父っつぁん、丈吉じゃないけど、これはとびきり面白いってことだわ。そうよ、大火事でみんな元気がないし、なにか大笑いできることがあったら……」

「おう、一挙両得か。さすがは一九先生、なれば、やらぬ手はないの」

いつのまにか、皆の目も輝いている。

葬儀の香典で稲荷を再建する――。

妙案中の妙案だ。が、成し遂げるためには数々の乗り越えるべき障壁があった。

いちばんの問題は〈死体〉である。いくら一九がかんばっても、ひっきりなしに弔問客が焼香をあげるのでは、その間、とても死人のフリはしていられない。かといって、死んですぐにあわただしく野辺送りとなれば、知らせが行きとどかず、香典をもって駆けつける客の数が減って、肝心の目的が遂行できない。

いかに手早く、かつ一人でも多くの知己に知れ渡るように噂を広め、盛大な葬儀をとりおこなうか。できるなら江戸住民の度肝をぬいて、葬儀のあとも語り草になって、香典が集まるような段取りが望ましい……。

火事の前に住んでいた通油町の借家とちがって、佐賀町の長屋はほとんど知られていない。これだけは好都合だったが……。

「助っ人がいるぞ」

「兄さんには真っ先に話さなきゃ。きっと知恵を出してくれるわ」

「森屋に頼めばあっというまに訃報が広まる」

「だめだめ。あのご仁は口から先に生まれたようなものだもの。当日まで絶対に知らせちゃダメ。ここに人が来たらすぐに嘘がバレちゃうわ」

「お父さんはどうするんだい。この人、死んだフリなんかできませんよ」

「棺樽(かんだる)に放り込め」

「あら、お栄さん、たまにはイイこと言うわね」

「うむ。早々とお入り願うか。そのあたりが思案のしどころだの」

「ねえ祖父ちゃん、祖父ちゃんてば、棺樽ってなに？　酒樽とどうちがうの？」

「うるさいッ、おまえはだまってろッ」

「丈吉ッ、静かにしなさい。今、大事なとこなんだから。とにかく、いいわね、お父っつぁんをまず棺樽に入れちゃって……」

「棺樽はいくらするんだい。高いんじゃないかえ」

「ま、どっかで安いのを探しましょ」

「盛大な葬儀をするのに安物ってわけにゃいきませんよ」

「いいわよいいわよ。わかりゃしないわ。さっさと野辺送りをして焼いちゃえばいいんだから」

「先生を入れたまま焼くわけにはいかんぞ。どこかで空にしないと……」

「そうねえ。それがいちばん厄介だわねえ」

一同が夢中になってああだこうだと言い合うのを、いつのまにか輪からはじかれた一九が苦々しげに眺めている。

十返舎一九野辺送りの巻の一幕は、こうしてはじまったのだった。

四

火事と喧嘩は江戸の華――とは言うものの、昨年はとんだ徒花のおかげで江戸の人々の大多数が辛酸を嘗めた。焼け出された者たちだけでなく、だれもがなにかしらの被害にあっている。暗澹たる一年と言わざるを得ない。

「今年こそ、明るい年になりますように」

舞は柏手を打った。

今年の舞とお栄の初詣は、寺社ではなく、四柱を立てるための土台が仕上がり、敷石のかたわらに木材や瓦が積み上げられた一角――そう、再建がはじまった朝日稲荷の祠の普請場――である。父一九の葬儀を出したばかりだから、本来なら喪中だった。が、そんなことにはおかまいなく、舞もお栄もめかしこんでいる。

二人は永寿堂や錦森堂、昨年開店したばかりの兄の本屋、駿河堂などへ年賀にまわってきたところだった。

「一九先生の幽霊によろしゅう。あとでこちらからも年賀にうかがわせていただきますよ。むろん、ご仏前にはお神酒を」

どこへ行っても、忍び笑いや目くばせで迎えられる。

「はい。位牌にさよう申し伝えます。ふらふら出て来たりしないで、大人しゅう経でも読んでいるように、と」

舞も澄まして応える。

人の口に戸は立てられない。一九存命の噂はすでに葬儀の翌日から漏れだしていたが、家族はとんちゃくしなかった。市次郎と尚武が音頭をとって、即刻、祠の普請がはじまっている。

「おう、またお稲荷様ができるんだとサ」

「普請の銭はどこのどいつが出したんだ?」

「さあ、どっかの奇特な幽霊だと聞いたがな」

お江戸は粋人の集まりである。薄々わかっていながらも、知らぬフリをしてくれるのがありがたい。

「ねえ、お栄さん、お願いがあるんだけど」

「またか」

「いいじゃないの、タダ飯食いの居候なんだから」

舞はお栄に、満開の桜の木を描いてほしいと頼んだ。

「祠のうしろに桜の木があったでしょ。貧相な老木でサ、鳥もよりつかない……」

「野良犬が小便をひっかけてたやつか」

「そう。あそこに若木を植えることになってるんだけど、今年のお花見には間に合わないから」

祠はひと月後には落成する予定だ。お披露目にもし満開の桜があれば、めでたさは倍増するにちがいない。

一九が文字どおり命をかけたおかげで再建にこぎつけた。舞、尚武、市次郎の三人は、葬儀に負けず劣らず盛大なお披露目を企てていた。市次郎があらかじめ配ることになっている瓦版は、この近辺で暮らしていた人々の胸の琴線をふるわせ、祠をひと目見たいと押しかける誘い水となるにちがいない。お狐様が本来いるべき場所に鎮座する姿は、駆けつけた人々にとって——もちろん老婆にとっても——至福の光景となるはずだ。

舞と尚武は、陰の功労者である一九に、とびきりの出番を用意しようと話し合っていた。

「春には毎年、長屋のみんなとお花見をしたものだわ。花の下に筵を敷いて」

「しょぼくれた花なんぞ、だれも見ちゃいなかった」

「そうね、酒盛りに夢中で。でも、だれがなんと言おうと、お花見はお花見よ」

一九一家が朝日稲荷のとなり、地本会所内の借家に引っ越してきたのは、舞が五つのときだった。物心がついてからずっと住んでいたから、朝日稲荷は故郷の御社と言ってもいい。境内で鬼ごっこやかくれんぼをして遊んだ。踊りの稽古もした。幼い恋に胸をときめかせ、お狐様に切ない胸の内を聞いてもらったり、剣術の朝稽古をしている尚武を迎えに来て、二人並んでお参りをしたり……。

焼け跡の石ころひとつにも思い出が詰まっている。

「お花見ってのはサ、花を愛でればいいってもんじゃないんだから」

満開の桜は、笑顔で見上げる一人一人の胸の中に咲いている。

「ね、お栄さん、お栄さんの桜で落成祝いに華をそえてもらいたいの」

フンと言いかけて、お栄はくちびるをゆがめた。

「わかったわかった、描いてやるよ。でっかくてとびきり派手なやつを」

「よかった。やっぱりお栄さんだ」

さ、帰りましょ、と舞はきびすを返した。

「舞え舞えカタツムリ……」

節をつけて歌うと、ボソッと野太い声があとをつづける。

「……奇人気まぐれきりきり舞い」

二人は災難除けのおまじないを唱えながら佐賀町へ帰って行った。


朝日稲荷の祠は、桜の盛りを待たずに落成した。

祠の裏手に植えられた若木は人の腰の丈ほどで、お花見ができるようになるには時がかかる。

一方、お栄が絵を描いた紙を板に貼りつけた作り物の桜木は、真新しい祠のかたわらで満開の花を咲かせている。

「おう、こいつは見事な……ひと足早(はよ)う、春の盛りが来たようですなあ」

「西村屋(にしむらや)さん、桜はともあれこの祠、焼ける前より数段、立派でがんすよ」

「西村屋さんも森屋さんも、ささ、こちらへ。お二人にはいちばんにお参りをしていただきとうございます」

市次郎は笑顔で永寿堂と錦森堂の主を祠へ誘う。

「ではお先に。幽霊の手柄と褒めたいとこだが、こちらも香典をぶったくられましたからな」

「それはこちらもご同様。まんまと一杯食わされました」

二人は笑いながら、かわるがわる柏手を打つ。

木の香も清々しい祭壇には、お神酒や供物が所狭しと並べられ、一段奥まったところにお狐様が鎮座ましましていた。眠たそうな半眼は以前と変わらないものの、どういう塩梅か、満ち足りた優しげな顔に見える。

老婆は、お狐様のとなりに置いた木箱にちょこんと腰を掛けていた。ニコニコ笑顔はいつものことだが、今日はその微笑に、独り立ちする息子を見送る親のような、愛娘を嫁がせたばかりの母のような、誇らしさと物寂しさの入り交じった色がにじんでいた。大火事以来、共に暮らしてきたお狐様である。念願かなって祠に安置されたとはいえ、別れの寂しさが胸に迫っているのだろう。

舞は、作り物の桜木から顔を覗かせて、あたりの様子をうかがっていた。

西村屋与八や森屋治兵衛を皮切りに続々と人がやって来る。桜を見て一様に息を呑み、なあんだ作り物かと笑いだし、それからいそいそと祠に参拝する。参拝が終わってもだれ一人帰ろうとはしなかった。境内のそこここで、顔見知りを見つけて立ち話をしたり手を取り合ったり、あるいは感涙にむせんだりと再会を喜びあっている。

「悟助どんッ、生きとったかッ。おうおう、よかったよかった」

「熊蔵どんこそ、どこへ行っちまったかと心配しとったぞ。そんで、おかみさんや子供たちは無事かい」

「おかげさまで。あっしらは運がよかったんでサ。そういえば長兵衛（ちょうべえ）どんは？」

「足を折ったってぇが、もう治ったころだろうよ。たぶんどっかに……。朝日稲荷ができたとありゃ、どこにいたってすっ飛んで来るわサ」

「ありがてえなあ。まるで昔に戻ったみてぇだ」

参拝客は増える一方だ。

もしや為助がいないかと、舞は眸（ひとみ）を凝らした。残念ながらいなかった。為助一家が住んでいた長屋は朝日稲荷から目と鼻の先で、為助はたまたま大火事のときお狐様の欠けた尻尾（しっぽ）の修繕を請け負っていたから、祠が再建されたと知ればなにをおいても駆けつけるはずである。姿が見えないということは——。

舞は頭を横にふって不吉な考えを追い払った。

「さあ、そろそろはじめましょ」

尚武に声をかける。

「よし。はじめるぞ」

二人は目を合わせ、一九、えつ、お栄にも合図をした。

予想以上の人出である。新たな祠が落成してお狐様が本来いるべきところへ戻ることができたのは、ここにいる一人一人が一九の死を悼んで香典を持ってきてくれたおかげだった。お狐様に代わって謝意を述べるには、今をおいて他にない。

「先生。用意はよろしいか」

「待って。おまえさん、頭巾が曲がってますよ」

作り物の桜木の後ろには踏み段が置かれていた。袖なし羽織に裁付袴(たっつけばかま)、大黒頭巾をかぶった一九が尚武に支えられて踏み段を上ってゆく。上がりきったところで尚武はしゃがんで身をちぢめ、一九に籠を手渡した。籠には、舞とえつがお栄や丈吉に手伝わせてつくった桜の花びらが入っている。薄紅色の花びらは裏に〈商売繁盛〉〈家内安全〉〈大願成就〉などと墨書きされた護符でもあった。

そう。一九は、花咲爺さんに扮(ふん)して福を撒(ま)こうというのだ。

「では先生……」

「むむむ」

籠を抱えたところで、一九はぴたりと動きを止めた。困惑顔で目を泳がせているのは、あまりの群衆の多さに圧倒されてしまったのか。素面(しらふ)の一九は口下手で、無愛想な男である。

「お父っつぁん」

「おまえさん」

「先生。先生ッ。参ったのう。足がすくんでしまわれたようじゃ」

「困ったわねえ。お父っつぁん、しっかりしてよ」

この場を救ったのはお栄だった。蓋(ふた)ははずしてあるものの水引が巻かれたままの手桶を抱え、つかつかと踏み段へ歩み寄る。「ほれ」と一九に手渡した。

「こんなこっちゃないかと思ったよ。小父さん、呑みな」

　さてはお供えのお神酒を失敬してきたのか。

　一九は一気に呑み干した。

「美味いッ。お栄、もっと酒、もって来ーい」

「あいよ」

　美味そうに樽酒を呑む一九を見ても、だれも文句を言わなかった。ここで一九を登場させなければ、一九はいつまでも彼岸へ行ったきりだ。

「お父っつぁん、ここが見せ場よ」

「おう、まかせとけッ」

　一九は覚醒した。すっくと背を伸ばし、咲き誇る花のあいだから顔を出して片手をふりまわし、大声で境内の群衆に呼びかける。

「おーい、おーい。皆の衆、集まれーッ」

　なんだなんだと人々が集まってきた。

「おい、あれを見ろ」「十返舎一九じゃねえか」「一九先生ならおっ死んだはずだぜ」「そうさ、おいら、野辺送りに行ったぞ」「しかし生きてるってぇ噂もある」「冗談言うない」「冗談じゃねえや、見たってぇやつがいるんだ」「あそこにいるわサ」「おい、足はあるか」……等々。

　ざわめきは留まるところを知らない。

「うるさーいッ。黙りやがれーッ」

一九はありったけの声で叫んだ。

「てめえらがあんましうるさいんで、天から落っこっちまったじゃねえか。見たとおり、わしは死にぞこないの十返舎一九だぁ。どうだ、てめえら、参ったかーッ」

こうなればもう一九の独擅場である。アハハ、ワハハと笑いの渦が巻き起こるなかで、一九は花咲爺さんよろしく花びらに見立てた護符を撒く。ひょうきんな恰好をするたびに木から落ちそうになって、オー、ウワッ、ヒャーと歓声があがる。作り物の桜木のうしろでは、尚武とえつが一九の足を抱きかかえて、転ばないよう大奮闘だ。

そうしているあいだも、祠に詣でる人の列はつづいていた。

「あら、五郎八つぁんにおかねさん、よかったわ、ご無事で」

消息不明だった裏長屋の住人を見つけて、舞は祠へ駆け戻った。

「為助さんのこと、なにか聞いてませんか」

「そいつはこっちが聞きてぇとこで……」

二人は落胆の表情を浮かべる。

「おりん婆ちゃんがいるんでびっくりして、よかったよかった為助さんとこも助かったんだねって話してたんだけど……」

一九一家のだれかに消息をたずねるつもりでいたという。

「おりんさんと言うんですね、お婆ちゃんは」

名前さえ知らなかった。が、二人によれば、大火事の前は頭もしっかりしていて、為助の子供だけでなく、両親が手いっぱいのときなど、快く長屋の子供たちの面倒もみてやっていたという。

「世話好きの、気のいい婆ちゃんでしたよ」

今は長屋の隣人だった五郎八やおかねの顔も思い出せないのか、まるでお狐様とそっくり同じ置物になってしまったかのようだ。

舞は二人に老婆の面倒をみることになったいきさつを教えた。

「あれまあ、そりゃ大変だったねえ」

「そんなことないわ。ウチじゃみんな、お婆ちゃんが大好きなんだから」

五郎八とおかねが帰って行ったあと、舞は老婆の後ろへまわって肩に手を置いた。

「寂しくないわよお婆ちゃん、ずっといっしょだからね」

と、そのときだ、老婆の背中がぴくりと動いた。明らかになにかに驚いている。

舞はけげんな顔であたりを見まわした。柏手を打っているのも、そのうしろに並んでいるのも、自分には見覚えのない男女である。

ところが――。

老婆はぱっと――二十も三十も若返ったように勢いよく――立ち上がった。すると同時に、列の中から小さな男の子が飛びだした。

「婆ちゃんだッ」

小童の顔の半分は火傷（やけど）の痕で醜く爛（ただ）れている。それでも舞は、その子がだれか、ひと目でわかった。

「為助さんとこの……」

小童は一目散に駆けてきて老婆に突進した。

「矢太坊ッ、矢太坊ッ」

老婆は大声で名を呼んで小童を抱きしめた。「ありがたや」と「うかのみたま」以外に舞がはじめて耳にする老婆の声だ。

「矢太坊、生きてたんだねえ」

舞も小童に問いただそうとする。

「矢太坊、お父っつぁん、おっ母さんは?」

小童が舞の問いに答える前に、あとを追いかけてきた男が小童ごと老婆を抱き寄せた。

「おっ母ッ。おれだッ。常次郎だ。まさかおっ母が生きててくれたとは……」

「常次郎、おまえこそ、無事だったのかい」

「ああ。おれっちはみんな無事だった。けど為助んとこは……こいつも酷い火傷で、とても助からねえと……おっ母のことも、みんなでずいぶん捜したんだ。けど見つからねえんで、あきらめかけてたとこだった」

矢太坊は為助の倅である。大火事で迷子になっていたところを助けられた。が、大火傷をしていて、一時、生死のあいだを彷徨った。それでなくても幼いから、混乱の最中に老婆がどうなったかなど、わかろうはずがない。

常次郎は為助の叔父だった。老母は常次郎の兄の為太郎一家と暮らしていた。数年前に為太郎が亡くなったあとも、息子の為助が祖母の面倒をみていて、常次郎はときおり甥の長屋を訪ねていたという。そんなときは、老母といっしょに朝日稲荷へ参拝した。思い出のある稲荷社だったので、よもや老母に巡りあえるとは夢想だにしなかったが、為助一家の供養にもなろうかと矢太坊を連れて再建のお披露目に駆けつけた。

「あっしは駒込村で、畑を耕していますんでさ……」

「まあ、遠くから、よくぞいらしてくださいましたね」

「神田にいたころの知り合いがひょっこり訪ねて来て、瓦版を見せてくれたんで」

常次郎が今日ここへ来なければ、母とは生き別れになったままだったかもしれない。老婆は記憶が戻ることもなく、ひっそりと生涯を閉じていただろう。

ところが、そうはならなかった。悲劇が一転、めでたしめでたしになったのは、むろん、お狐様のおかげである。

舞はお狐様に手を合わせた。そして、同時にこうも思った。お狐様が満足しきったお顔でここに鎮座していられるのは、朝日稲荷の祠の再建が成ったからだ――と。

再建が成ったのは、一九が、自分の葬式を出して香典を集めたからだ。

「お父っつぁんだわッ」

老婆と息子、曽孫が喜びあう光景から目を転じれば、そこここで人々の笑顔がはじけている。やんやと囃し立てて騒いでいる数多の視線の先には、作り物の木の上で、もはや大黒頭巾など落っことし、諸肌脱ぎになって貧相な体をさらけだして踊っている一九の姿があった。それは、中風病の酔っ払い、愚かしくも滑稽な老人の姿であることにはちがいないものの――。

舞は、今ほど、父一九を誇らしく思ったことはない。

「お栄さん、おっ母さん、ねえ、あたしたちも踊りましょ」

お江戸はもうすぐ花の盛り。

桜の下で踊りだした舞の肩に、ひらひらと花びらの護符が降ってきた。

参考文献

「静岡の文化」42号　特集　十返舎一九の世界　静岡県文化財団
「十返舎一九という人物」岡部雨彦
「十返舎一九の奇行伝説」平野日出雄
「十返舎一九と小田切土佐守」山内政三
「木村文庫」（木村豊次郎氏が蒐集された十返舎一九作品のコレクション・静岡市立中央図書館所蔵）
『池田みち子の東海道中膝栗毛』池田みち子　集英社
『十返舎一九研究』中山尚夫　おうふう
『笑いの戯作者　十返舎一九』棚橋正博　新典社
「滑稽作家　十返舎一九」飯塚采薇
「十返舎一九と東海道中膝栗毛」篠原旭

駿府十返舎一九研究会会長、及び静岡県歴史研究会会長の篠原旭氏には十返舎一九について多くのご教示をいただきました。謹んで御礼申し上げます。（著者）

初出　「小説宝石」（小社刊）

一寸先は闇　二〇二〇年十月号
貧すれば鈍する　二〇二一年一・二月合併号
女房妬くほど　二〇二一年三月号
知らぬが仏　二〇二一年四月号
百戦あやうからず　二〇二一年六月号
灰さようなら　二〇二一年七月号

諸田玲子（もろた・れいこ）

1954年静岡県生まれ。外資系企業を経て、翻訳・作家活動に入る。1996年『眩惑』でデビュー。2003年『其の一日』で吉川英治文学新人賞、07年『奸婦にあらず』で新田次郎文学賞、12年『四十八人目の忠臣』で歴史時代作家クラブ賞、18年『今ひとたびの、和泉式部』で親鸞賞を受賞。「お鳥見女房」「あくじゃれ瓢六」「狸穴あいあい坂」などの好評シリーズのほかに、『森家の討ち入り』『尼子姫十勇士』『女だてら』など歴史・時代小説を中心に著書多数。

きりきり舞（ま）いのさようなら

2021年12月30日　初版１刷発行

著　者　諸田玲子（もろたれいこ）
発行者　鈴木広和
発行所　株式会社 光文社
〒112-8011　東京都文京区音羽1-16-6
電話　編　集　部　03-5395-8254
書籍販売部　03-5395-8116
業　務　部　03-5395-8125
URL　光　文　社　https://www.kobunsha.com/

組　版　萩原印刷
印刷所　萩原印刷
製本所　ナショナル製本

ISBN978-4-334-91440-0